S級パーティーから
追放された狩人、
実は世界最強
1
～射程9999の男、
帝国の狙撃手として無双する～
茨木野 ill へいろー
モンスター文庫

「おまえクビ。さっさと出てけ」
マード・カマセーヌ
『黄昏の竜』リーダー

「ちょ、ちょっと待て。待ってくれ！」
ガンマ・スナイプ
狩人

「よろしく、ガンマ・スナイプ。ようこそ、我が帝国へ」
メイベル・アッカーマン
胡桃隊の魔法使い
アルテミス＝ティーマデューカス
第八皇女

「ええ、っと……よろしく、アルテミス」

「おまた～？」

シャーロット・オズウェル
胡桃隊の魔法剣士
リフィル・ベタリナリ
胡桃隊の治癒士
「……お待たせいたしました」

「獣が何匹いようと関係ない。
俺は狩人だ。
人間に仇なす害獣は、
俺がすべて駆除する」

S級パーティーから追放された狩人、実は世界最強
～射程9999の男、帝国の狙撃手として無双する～①

茨木野

MONSTER
bunko

CONTENTS

1章

俺の名前はガンマ・スナイプ。

Sランク冒険者パーティ【黄昏の竜】に所属する弓使いだ。

俺はもともと、人外魔境《スタンピード》という荒野に住む狩人の末裔だ。

幼いころからじいちゃんや友達と一緒に、荒野をうろつく鳥類や竜を狩って生きていた。

そんな田舎者の俺はある日、【アイン王立学園】と呼ばれる、王都にある学園の偉い人、学園長からスカウトを受けた。

狩人としての才能を評価され、俺は王立学園に入学することになった。それから六年後。十八歳になった俺は、学園の卒業生たちとともに冒険者となった。

メンバーは俺を含めて五人。

魔法剣士のマードをはじめ、戦士、魔法使い、僧侶、そして弓使いの俺。

こいつらは冒険者実習のときから一緒にパーティを組んでいる。実習では常にトップを取れていた。全員が各方面のエキスパートだからな。

俺は卒業後、妹の薬代を稼ぐため、将来どこかに就職しようと考えていた。そんな矢先、学園長からの誘いがあって、マードたちと冒険者をやることになったのだ。

学園長の推薦状があり、最初からCランク冒険者としてスタートできたし、そこからみるみるうちに出世し、今では世界で数えるほどしかいない、Sランク冒険者パーティになれたのだ。

したいことは特になかったけど、金が入るのはうれしかった。故郷には俺に弓を教えてくれたじいちゃんと、そして幼い妹がいる。

妹は生まれつき体が弱い。彼女の体を治す薬は未だに見つからない。延命のための薬を取り寄せるためにも、莫大な金がかかる。なにせ妹の住んでいる土地はドがつくほどの田舎町で、人が入ってこれないほど過酷な場所だからな。

彼女の延命のため、俺は必死になってSランク冒険者パーティとして活躍した。たとえ、どんな扱いを受けようとな……。

☆

「ガンマ。おまえクビ。さっさと出てけ」

それはモンスター討伐を終えて、王都に戻ってきた夜。

宿屋の一室にて、俺はリーダーのマードに呼び出されていた。

「は……？　クビ……？」

「そうだ、ガンマ。おまえクビ。はいさいなら」

しっし、とまるで野犬でも追い払うかのように、マードが俺に手を振る。

「ちょ、ちょっと待て。待ってくれ！」

「んだよガンマ」

「理由を！　理由を教えてくれ！　俺がどうしてクビにならないといけないんだ」

俺には幼い妹の治療費を稼ぐ、という目的がある。高額の費用がかかるのだ。ここでSランクパーティを出て行くわけにはいかない。

するとマードはうんざりした表情で、吐き捨てるように言う。

「おまえが、パーティで何にもしてねえからだよ」

「…………は？　何もしてない、だと……？」

「そうだろ。だっておまえ、パーティの後ろからついてくるだけで、なーんもしてねえじゃん。なぁ？」

そんな馬鹿な。でも、マードは冗談で言ってるとは思えない。それに、仲間たちがリーダーである彼に続くようにうなずいてる。

嘘だろ……？　なんで……？

「弓を持って、ただぶらぶら後ろからついてくるだけじゃんか、おまえ」

「ち、違う。あれは！　【鳳の矢《フェニックス・ショット》】っていう特殊な魔法矢を使ってるんだ！」

俺、ガンマ・スナイプの主な武器は、弓だ。

魔法矢。それは魔力で作られ、特殊な効果を発揮する矢のこと。

俺はこの魔法矢を使って様々なことができる。ありえないほど遠くの敵を射貫いたり、撃った相手を捕縛したりと。

鳳の矢《フェニックス・ショット》は、魔法矢の一つ。

打つと火の鳥となって空中を旋回する。そして敵が近づいてきたら、自動で迎撃してくれる。

弱い敵はたいてい、これで死んでくれる。それでも生き残っているやつは、俺の持つほかの矢を使って狙撃して倒している。

「俺は何もしてなくない！」

「いーや、何もしてない。弓を持って後ろをぶらぶらしてるだけじゃないか」

「違う！　狙撃してるんだ！」

「ほー？　おまえがいつ、どこで狙撃してるんだよ？　たとえば、今日の戦いではさ」

今日の敵は、飛竜王《ワイバーン・キング》。Sランクの古竜種だ。

やつは上空を主なフィールドとしている。弓使いの力が最も必要とされる場面だった。

「飛竜王を倒したのは、おれたち四人だったろ？」

「違う！　あいつは、飛竜王は部下を連れてたんだ！　九九九体の飛竜《ワイバーン》！」

「嘘つけ。おれたちの前に現れたときには、飛竜王一匹だけだったじゃないか」

「だからやつが俺たちのもとへやってくる前に、俺が雑魚の九九九体を倒してたんだよ」

「どうやって？」

「狙撃で。一〇キロ離れた場所から」

マードも、そして仲間たちも、俺にさげすんだ目を向けてくる。

なんだ、信じてないのかもしかして……！

俺には魔法矢のほかに、周囲を索敵する特殊な、狩人としてのスキルを持つ。

それを使って今まで、俺はこいつらに近づく敵を、事前に倒していたのに……。

仲間の負担を少しでも減らそうと思ってやってたことなのに……。

もしかして、今まで気づかれてなかったのか……？

「仮に、九九九体の飛竜をおまえがひとりで倒したとして、どうやって？　自動迎撃とやらがマジだったとしても、さすがに全部は倒せないだろ？」

「ああ。だから俺が狙撃したんだ。早撃ちで」

俺は人外魔境にすむ狩人、スナイプ一族のなかでも、特に早撃ちが得意だった。

部族のなかでは、早撃ちのガンマと呼ばれるほどだ。

俺が弓を構え、矢を打つまでの速さは光を超える。

たとえどれだけ的が離れてようと、素早く敵を正確に射貫く。だから……そうか……。

「お、俺の早撃ちが、見えてないのか……」

つまりこいつらは……。

俺があまりに敵を遠くから、すさまじい早撃ちで倒すもんだから、俺が敵を倒してるって……気づいてなかったのか……。

何も言ってこないから、てっきり、俺のことをわかってくれてるとばかりに……。

マードたちからすれば、やつらが知覚するより早く敵を倒してる俺は、こいつらが言うとおり、何もしてないだけに映るのだろう。

「見えてないもなにも、てめえは何もしてないだろうが。本当におまえが早撃ちとやらで、敵を遠くから倒せるなら、なぜ全滅させない？　飛竜王だって倒せるはずだろ、おまえひとりで」

「それは！　おまえが言ったからじゃないか！　でかい獲物はおれのもんだ、手を出すなって！」

モンスターと群れで遭遇したときは、群れのボスを誰よりも早く見つけ出すことができる。だから、俺はそのボス以外の雑魚を狩ってきたのだ。パーティリーダーの要求に、一〇〇パーセント応えて、裏方に徹してきたのだ。

「とにかく、おれはおまえみたいなパーティで何もしてないお荷物の面倒を見る気はこれ以上ない。学園長の頼みで仕方なく組んでやってたけどよ、そのじじいもついこないだ死んだし、もう義理立てる必要もねえんだわ」

そう……つい先週、お世話になった学園長が老衰でお亡くなりになったのだ。

こいつらが俺をおいていたのは、学園長の頼みがあってこそだったのだ。

その枷がはずれたのだ。だから俺を外す……ってことか。

「とにかく、おまえみたいな役立たずの嘘つきは、もうおれらの仲間に必要ない。出てけ」

「そうだそうだ」「出てけ役立たず」「いつも後ろでぼーっとしてるだけの愚図が」

……なんだよ。なんなんだよ、こいつら。誰ひとりとして、俺のこと理解してくれてなかったのかよ。

俺が、どれだけ面倒ごとをひとりでやってきたか知らずに。

素敵に始まり、周辺地図のマッピング、そのほか雑用を一手に買ってきたのは俺なのに。

「おまえ……本当に俺を追い出すのかよ。俺がいなくなったら、このパーティ……終わるぞ」

こいつらは自分の力を過信しすぎている。特にリーダーのマードは顕著だ。

猪突猛進って言葉がお似合いなくらい、自分が目立つことしか考えておらず、とにかく剣で突っ込んできた。

敵も当然反撃してくる。そんなとき、俺はさりげなく敵がやり返してこれないように矢で動きを制限してきた。

また余計な邪魔が入らないよう、矢を使って敵の動きを誘導したり、隙を作るようにしてきた。

俺がサポートしてやんなかったら、こんなイノシシ頭、とっくに死んでいただろう。

「ふん！　てめえなんぞいなくなっても問題ねえよカス。さっさと出てけ、Sランクパーティに寄生する、きっしょい寄生虫が」

　こうして、俺は黄昏の竜を追い出されたのだった。

☆

「はぁ……参ったなぁ……」

　俺は現在、隣町へ向かう馬車に乗っている。どうして王都を離れることになったのか。

　それは、王都で俺を雇ってくれるやつが、いなかったからだ。

　仕事を追われた俺は、次の冒険者として、パーティを組んでくれる人を探した。

　しかし誰も俺と組んでくれる人はいなかった。どうやら、マードが原因らしい。やつはほかの冒険者に圧をかけて、俺がパーティを組めないよう嫌がらせしているとのこと。

　また、ソロでの活動も検討したんだけど、俺に仕事をくれる人はいなかった。そこもマードが手を回していたらしい。もうおまえんとこで仕事してやんないぞ、と。

「そこまでする必要ないだろ……はぁ……これから、どーすっかな」

　いちおう王都を出たものの、ほかの町も同じような状況な気がする。

　Sランク冒険者といえば、このゲータ・ニィガ王国において数えるほどしか存在しない。

彼らの影響力は国全体にも及ぶ。あいつらのパーティを追われたとなれば、この国じゃ雇ってくれないだろうし、仕事も回してもらえないだろう。

「なら……隣国でも行くか？」

ゲータ・ニィガ王国の隣には、マデューカス帝国と呼ばれる実力主義の巨大国家が存在する。

……だが、そこに何のつてもコネもない俺が、どうやって仕事を見つけよう。

「マデューカス帝国以外だと、獣人国ネログーマか、砂漠エルフの国・フォティアトゥーヤァか……いや、だめだ。どっちにしろコネがない」

まずい、非常にまずい。俺ひとりだったら、別にどこに住んでも生きていける。獣を狩って生きていけばいいんだからな。

でも……俺には病気の妹がいる。彼女の薬代を稼ぐ必要がある。金がいる。仕事がいるんだ。

くそ……どうすりゃいいんだ……。

と、思っていたそのときだ。

「ん？　【鳳の矢《フェニックス・ショット》】が発動した？」

俺はスキル【鷹の目】を発動させる。

これは周囲一キロを鳥瞰できるようになる、特殊な狩人のスキルだ。

これに、狩人としてのもともとの目の良さも加わることで、一〇〇キロ先を見通すことも可能となる。

鷹の目を使って、鳳の矢が発動した場所を見やる。そこには、やたら高そうな馬車があって、その周りを白狼《ホワイト・ファング》の群れが取り囲んでいた。

「Cランクの獣か……」

まあ俺が助ける義理は、まったくない。これを狩ったところで金にはならないだろう。

素材を買い取ってくれるギルドも、マードからの圧力を受けて、素材を買い取ってくれなかった。

……だから、これは。

「ただの趣味だ」

俺は馬車から飛び降りる。

じいちゃんからもらった、【妖精弓エルブンボウ】。俺の相棒だ。

森の妖精が作ったと言われる、翡翠色の長弓を構える。

矢は、必要ない。俺は弦をつまんでひく。

すると銀色の矢が俺の前に出現する。

「【星の矢《アサルト・ショット》】」

天に向かって銀の矢を放つ。

それはすさまじいスピードですっとんでいく。

馬車を襲っている敵の群れの頭上で……。

ドバッ……！　と矢は分裂し、地上へと降り注いでいく。

星の矢《アサルト・ショット》は、魔法矢のひとつ。

放った魔法の矢が頭上で無数に分裂し、地上の敵を射貫く魔法矢だ。敵の数が多いときに使う。

星の矢は結構扱いが難しい。なにせこの矢は分裂して落ちる、ただそれだけなのだ。

だから使い慣れてないと、関係のないやつまで巻き込む羽目となる。だが俺の弓使いとしての技術が合わさることで、敵だけを正確に射貫くことができるんだ。

「ふぅ……」

ま、これで助けたとしても、どーせ気づかれないんだよな、俺が助けたってことにはよ。

俺の乗っていた馬車は、とっくに俺をおいてどこかへ行ってしまった。

「しかたない、歩くか。馬車の人たちの様子も気にはなるし」

俺は徒歩で町へと向かう。しばらく歩いていると、件の馬車が前からガラガラと近づいてきた。

どうやら無事だったようだ。まあそうならないように射ったので、当然っちゃ当然だが。

「ま、待って！　御者さん、馬車止めて！」

すると、馬車が俺の前で止まる。

なんだ、どうして止まった？　てか、今の声……どこかで……。

「ガンマ！　ガンマでしょ！」

馬車のなかから、ひとりの女が降りてきた。

白いマントを身につけ、赤い髪をショートカットにしてる、小柄な女だ。

身長が低い割に胸がでかい。ロリ巨乳ってやつだ。

「久しぶりね、ガンマ！」

「……めい、べる」

「そう！　メイベル・アッカーマン！」

快活そうな笑みを俺に向けてくる。

こいつは、メイベル。

アイン王立学園にいたときの旧友だ。

「メイベルじゃねえか！　久しぶりだな」

学園時代、同じクラスだった。実習のとき以外はほとんど、メイベルと一緒にいた。

確か家が名門の魔法使いの家だった気がする。土の魔法を得意としていた。

「卒業式以来じゃないか」

「ね！　よかったぁ、あたしのこと覚えててくれて」

「当たり前じゃないか。友達の顔忘れっかよ」

もう一年くらいたっていても、この子の顔は忘れない。

「おまえ今何やってるんだ？」

「マデューカス帝国の軍で働いてるの」

「軍部で！　エリートコースじゃないか」

「へへ、まーねー」

久しぶりの旧友との再会に喜ぶ一方で、ふと疑問が口に出る。

「メイベル。おまえ、こんなとこで何してるんだ？」

「護衛だよ、ごえー。彼女のね」

「彼女？」

すると、やたらと豪華そうな馬車から、誰かが降りてくる。

ドレスの上からフードつきマントを羽織っていた。

「はじめまして。あなたが、メイベルのおっしゃっていらした、ガンマ・スナイプさん、ですか？」

声の感じからして若い女のようだ。

「あ、ああ。俺がガンマだけど……あんたは？」

すると、ぱさ……とフードを取る。

そこにいたのは、つややかな長い金髪の女だ。

青い瞳に金の髪の毛は美しく、メリハリのあるボディと、そして高貴な顔つきは……思わず、見とれてしまうほどだ。

「初めまして。私はアルテミス＝ディ＝マデューカスと申します」

「はぁ……どうも。ガンマ・スナイプです……マデューカス？」

名字に、なぜ帝国の名前が入ってるんだ……？

……あれ？

「ちょっとガンマ！　もっと礼儀正しくしなきゃだめよ！　相手は皇女さまなんだから！」

「はぁ⁉　こ、皇女⁉」

するとアルテミスと名乗った女は微笑みながら、一礼して、言う。

「はい。アンチ＝ディ＝マデューカスが娘、第八皇女アルテミスと申します」

どうやら俺が偶然助けた女は、現皇帝の娘だったようだ。

☆

パーティを追われ、途方に暮れていた俺は、偶然皇女アルテミスの乗っている馬車を助けた。

俺はアルテミスたちの乗っていた馬車に相乗りさせてもらっている。

「あの、すみませんでした、皇女殿下にたいして、無礼な口をきいてしまって……」

馬車のなかには俺とアルテミス、そして旧友の少女メイベルが乗っている。

俺の真横にはメイベルが座っていて、正面にアルテミス様って感じだ。

「あたしからも、すみません！　こいつちょー田舎もんなので！　許してやってください！」

「いや田舎者って……」

「そーでしょ？　違う？」

「違わないです……」

アルテミス様は気にした様子もなく、くすくすと笑っている。

「気にしないでください。あなたは命の恩人ですから」

「は、はあ……で、でもなんで俺が助けたって知ってるんです？」

「メイベルから聞きました。あれは、あなたの射った魔法矢だと」

そういやメイベルも俺が魔法矢を習得していることは、知っている。

【星の矢《アサルト・ショット》】だとメイベルが見抜いていたわけか。

「素晴らしい射撃の腕前でした。噂通りです」

「は、はあ……」

「ちなみにどれくらい離れた場所から射ったのです？」

「まあ、一〇キロくらいですかね」

「まあ！　一〇キロ！　すごいです！」

……いやにあっさりと信じるな、この人。

あいつらは、信じてくれなかったのに……。

アルテミス様は少し胸を張って、微笑みながら言う。

「私、嘘が見抜けるんです」

嘘を見抜けるだって？　それが本当ならすごいことだ。

「え？　そ、そういうスキルか何かお持ちで？」

「いいえ。私、人を見る目は誰よりも長けていると自負しております。その人が嘘をついてるかどうか、そして、その人が大成するかどうか。そういう目が」

アルテミス様は微笑んで、俺の手を取って言う。

「ガンマ様。どうか、わが軍へ入ってはもらえないでしょうか？」

「は……？　ぐ、軍に⁉　マデューカス帝国の⁉」

お、おいおい……大帝国の軍部に入れるだって⁉

ものすごい出世じゃないか！　あそこって実力主義国で、その軍部っていや、末端の兵士だって相当な金がもらえるって話だぞ！

いや、待て。冷静になるんだ。そんなおいしい話が、どうして俺なんかに来るんだ……？

するとメイベルがふぅ、と息をつく。

「あたしが推薦したんだ。ガンマを」

「おまえが？　どうして？」

「あたしはマデューカス帝国に仕える家の一つで、将来は軍部に入ることが決まってんだ。んで、あんたを片腕としてスカウト……しようって思ってたんだよ、卒業のときにね」

「そ、そうだったのか……それがなんで今？」

「あんた、クビになったんでしょ、Sランク冒険者パーティ。だから来た、あんたを誘いに！」

　メイベルのやつ……まじでいいとこの出身だったのか。貴族特有の、鼻につく態度もなかったから、あんまり位の高くない貴族だと思っていたんだが……。

　でも皇女と一緒にいるし、本人も軍部に所属してるっていうのだから、マジでいいとこの令嬢だったんだろう。

　そうか……俺を誘ってくれるはずだったのか。

「ごめんな、誘いに気づかずに」

「いいって。あの学園長が作ったパーティだもん。あんた、あの人に恩を感じてたし、無理に引き抜くのはできないってばさ」

「悪い……」

「いいって。で？　どうなの？　うちの軍部に入らない？　あんたみたいな、すごい後衛が、ぜひほしいの！」

すごい後衛……か。そう言ってくれるのはメイベルくらいだ。

パーティメンバーたちは俺をほめてくれないどころか、価値なしの役立たずとさげすんでいた。

でも……メイベルは違う。俺を理解してくれている。

「ガンマ様。どうか、我が帝国に入って、力を貸してくださりませんか？　あなたのその素晴らしい射撃の技術があれば、きっと多くの帝国民たちを救ってくださるでしょう。私には見えるんです。あなたの射った矢が、やがて未来を切り開くと」

……二人から、俺を必要とされている。ここまで必要とされたことがあったろうか。

……俺は、どうするべきか。必要としてくれるこの人に、ついていきたくなる。だが、待て。

最も必要なのは金だ。妹の薬代を稼ぐ必要がある。条件があまり低いならこの話は……。

「ちなみにお給料はこんな感じ」

ぼしょぼしょ、とメイベルが俺に耳打ちを「乗った！！！！」

Sランク時代の倍！　断る理由なんて、ないに決まってる！

「お、おう……乗り気じゃん？」

「当たり前だろ！　二倍だぜ二倍！　やるに決まってるだろ！」

これで腹は決まった。俺は帝国の軍部に所属する。

妹の薬代を稼ぐために、新しい職場で、頑張る……！

「ありがとう、ガンマ様」

「いや、あの、様はやめてくださいよ、アルテミス様……」

「わかりました。では、私のこともどうか、アルテミスとお呼びください」

「え、ええー……皇女様を呼び捨ては、ちょっと……」

するとすこしむくれた表情で、ぷいっとアルテミス様が横を向く。

メイベルが苦笑しながら言う。

「ほらほら、殿下のごめーれーに背いちゃだめでしょー」

「え、これ命令だったの……？」

「そうだよガンマ！　呼び捨て、よーびすてー！」

……クビになるのは御免被るので、俺は、言う。

「ええ、っと……よろしく、アルテミス」

「はい、よろしく、ガンマ・スナイプ。ようこそ、我が帝国へ」

笑顔でそう言われちゃ、様をつけて呼ぶわけにはいかないなぁ……。

かくして、Sランク冒険者パーティを追放された弓使いの俺は、旧友の誘いで、帝国に拾われることになったのだった。

2章

俺、ガンマ・スナイプは、S級冒険者パーティ【黄昏の竜】を追放された。

その後、級友と再会した俺は、帝国軍にスカウトされた。

俺は馬車に乗って、級友のメイベル、そして第八皇女アルテミス＝ディ＝マデューカスとともに街道を進んでいた。

「そんでさ、これからの話なんだけどね」

俺の隣に座っているのは、赤毛ショートカットのロリ巨乳魔法使い、メイベル・アッカーマン。

「ガンマにはまず【帝都カーター】にあるマデューカス軍の司令部に行くことになるの。そこで正式な入隊の手続きをして、配属される部隊であるうちに行く感じ！」

「なるほど……そうだよな。まずは手続きだよな。あれ、もう配属先って決まってるの？」

「うん！　君は我が【胡桃隊】の隊員となるのだ！」

「くるみ、隊……？」

なんだか妙な部隊名だ。というか、俺ってそもそも、帝国軍の内部について何にも知らない。

組織図はどうなってるんだろうか？

「ま、それはおいおい説明するよ。とにかく君はあたしと同じ隊のメンバーとなるってこと覚えておいてね」

「わかった。部隊ってことは、メイベル以外にも隊員がいるんだよな？」

「うん！　ウォールナット隊長に、副隊長。ひらの隊員があたしとガンマを入れて四人。合計で六人！」

ウォールナットってやつが胡桃隊の一番偉い人なのか。

ん？

「ろ、六人……？　たったの、六人なのか、部隊なのに？」

「そう！　うちは少数精鋭だから。なにせ皇女様の私設部隊だからね！」

「え!?　私設部隊って……あ、アルテミスの部隊なのか？」

「そーそー！　ま、仕事内容とかはおいおい」

「おいおいばっかだな……」

「一度にぜーんぶ説明されてもわからないっしょ？」

「そりゃそうだ。ありがとな、メイベル。気遣ってくれて」

「なーになに気にすんな！　これから一緒にやってく仲間じゃん？　あたしら！」

仲間……か。黄昏の竜のやつらも、仲間だったのに、こっちに一切気遣ってくれなかったな。

一方で、メイベルはすごい気を遣ってくれる。何も知らない俺を、無知と嗤《わら》うことはしない。

理解できるように、与える情報量についても選んでくれている。

ほんと、いいやつだ。こいつと一緒に仕事できるなら、楽しくやれそうだ。

「むぅ……」

「な、んでしょう……アルテミス様？」

正面に座ってる、金髪の美少女皇女さまが、なんだかむくれていらっしゃる。

な、なにか俺、失礼なことしてしまっただろうか……？

「ずいぶんと、お二人は仲がよろしいのですね？」

にっこりとお上品に笑うアルテミス。

だが、なんだろう。笑ってるんだけど、口元がひくついてる……？

一方であんまそういうの気にしてないメイベルが、笑顔で俺の腕を取る。

もにゅっ、とメイベルのでかい乳が当たる……！

「そう！　あたしたちまぶだちなんで！　ね！　ガンマ！」

「あ、ああ……メイベル？　なんかアルテミス様が切れていらっしゃるような……」

「まさかまさか！　アルテミスが怒るわけないよ。ねー？」

メイベルはアルテミスと気安い関係のようだ。

そりゃ、そうか。メイベルの所属する胡桃隊は、アルテミスの作った私設部隊。

今日までともに長い時間を過ごしてきたのだろう。だから、皇女っていうより、友達みたいな感覚なんだろうな。

「ええ、怒ってないです。ただちょっと距離が近すぎないかなぁと思っています♡」

「そうかな？　そんなことないっしょー！　ねー！　ガンマ？」

「近いですよね、ガンマ？」

え、ええー……なにこれ？　どういう状況？

隣にはニコニコ笑顔のロリ巨乳が、ぴたりくっついてる。

そして正面には美しい皇女さまが、俺に顔を近づけて、凝視してくる。

ち、近い……いろいろ近い！

と、そのときだった。

「メイベル。こっちに近づいてるやつらがいる」

俺はすぐさま、狩人モードへと意識を移行する。

メイベルも頭を切り替えたのか、手に杖を持つ。

「敵？」

「感じからして、敵だろうな。まだ距離があるが、こっちにまっすぐ近づいてくる」

アルテミスが目を丸くしながら言う。

「なぜ、わかったのですか？」

「ん？　ああ。俺はいつも【鳳の矢《フェニックス・ショット》】って言って、上空に偵察用の魔法矢を飛ばしてるんだ」

鳳の矢はモンスターを無条件で攻撃する。

裏を返すと、モンスター以外には自動での追尾が行われない。

人間の場合は、一定範囲内に入ってきて、かつ怪しい動きをしているとき、俺に警告が入るようになっている。

俺がそれを説明すると、アルテミスがキラキラした目を俺に向けてくる。

「すごいです……魔法矢《マジック・アロー》にそんな使い道があるなんて……」

「いやガンマは特殊だよ。普通の魔法矢はこんな使い方できない。狩人としての才能と、ガンマの努力が……魔法矢を極めた結果、こんな規格外な使い方ができるだけだよ。ま、すごいことには変わりないけどね！」

メイベルもまた俺をほめてくれる。

うれしい……。女の子にほめてもらうのって、こんなに気持ちいいことなんだなぁ……。

「っと、メイベル。いちおう護衛用のゴーレム出しとけ」

「ほいほい。【創造魔導人形《クリエイト・ゴーレム》】！　出でよ、【ぶりきん】！」

俺はスキル【鷹の目】を発動。周囲を鳥瞰できるようになる。

メイベルが念じると同時に、俺たちの乗る馬車の周囲に、鉄でできた人形が一〇体出現する。

「あいかわらず、【錬金】で魔導人形《ゴーレム》を作る早さはピカイチだな。さすが、【錬金のメイベル】」

「へっへーん！　どんなもんじゃい！」

メイベルの家、アッカーマン家は代々、優秀な土の魔法使いを輩出している。

錬金、つまり、鉱物を自在に錬成する魔法だ。

メイベルが得意とするのは、錬金で魔導人形《ゴーレム》を作り、それを手足のように操ること。

「どうする？　あたしがぶっ殺す？」

「いや、攻撃するふりをして、やつらの気を引いてくれればいい。俺がやる」

「おけまる！」

俺は馬車の窓から降りて、屋根の上に乗る。

スキル【鷹の目】を発動させたままだ。

「身なりからして盗賊の類いだろうな」

メイベルの魔導人形《ゴーレム》にびびって馬を止めている。

数は……二〇ってところか。

俺は自分の弓、妖精弓エルブンボウを構える。

弦をひいて、矢をつがえる構えを取る。

ばりばり、と黄色い光を放つ矢が出現する。

「【蜂の矢《パラライ・ショット》】」

距離にして五キロ。余裕すぎる。

針のように細い矢が、野盗の首筋に当たる。

ぐったりと力が抜けて馬から落ちる。

残り一九人、俺は遠距離から次々に狙撃していった。

やつらからしたら、ほんの一瞬で意識を失ったことだろう。

俺は敵が動かなくなったことを鷹の目で確認した後、窓のなかに戻る。

「終わった」

「本当ですか⁉　まだ一分もたってないのに……」

「ああ。まあ野盗が二〇人くらいだったし、そんなもんでしょ」

「に、二〇人を⁉　一分にも満たない時間で全滅させたのですか⁉」

「ああ。これくらい当然だろ？」

ぽかんとするアルテミスをよそに、メイベルは魔導人形《ゴーレム》を動かす。

倒れている野盗どもを回収しているようだ。

「けどあいかわらず正確な狙撃だね！　五キロ先の野盗の首筋に、ピンポイントで麻酔の矢を打ち込むなんて」

「ご……⁉」

絶句するアルテミス。

何に驚いているのかわからない。

「え、これくらいできるだろ？」

「な、なにをおっしゃってるんですか⁉　五キロ先に矢を当てるなんて、普通できませんよ！」

「まあ、できるよ。小さいころから弓の訓練してたらさ」

「できませんよっ……！」

まあ何はともあれ、皇女さまに近づく不埒者を撃退できた俺だった。

☆

盗賊たちを無力化したあと、メイベルの魔導人形《ゴーレム》を使って、やつらを帝都まで運ぶ。

ほどなくして帝都が見えてきた。

赤毛の旧友、メイベルが窓の外を指さしながら言う。

「あれが帝都カーター！　このマデューカス帝国の中心地だよ！」

「おー……結構新しい感じの都市だな」

俺がこないだまでいた、ゲータ・ニィガ王国の王都と比べると、やや小さいような感じがした。

城門入り口は一カ所のみらしい。

皇女を乗せた馬車は顔パスで門をくぐり、なかに入る。

「そういや、帝国ってどんなとこなんだ？　なんか王国より技術が進んでる、くらいしか聞いたことないんだが」

「なんかあっさり入れたな。ちゃんと検問してるのか？」

「してるよ。【探知機《スキャナ》】っていう魔道具を使って、馬車のなかを一瞬で調べることができるの！」

「探知機。へえ……魔道具使ってるのか？」

アルテミスがうなずいて、答えてくれた。

「このマデューカス帝国は、王国と比べて歴史が浅いです。ですが、軍事力、そして技術力では王国には負けないと自負しております」

「皇帝陛下が新しい技術だろうと、暮らしが便利になるならがんがん使ってこーぜって方針なんだ！」

なるほど……。魔道具なんて王国の検問所じゃ使われてなかったな。

手作業で馬車のなかを調べてたから、門のなかに入るのに時間かかったし。

馬車が門をくぐっていく。やはり王国よりは狭い印象を受けた。けれど……。

「な、なんか建物が、縦に長いな」

「土地が狭いですからね。横よりも、縦に建物が延びていくんです」

建物がぎっちり詰まっている一方で、道路はかなり幅を取っていた。

舗装もしっかりされており馬車が全然揺れない。

王国は歴史があるって言えば聞こえがいいが、補修が行き届いていないところのほうが多い。

こっちの道路のほうが走りやすく、歩きやすそうだ。

「これが帝国の、帝都カーターか」

「きれーなとこでしょー！」

「ああ。機能美っていうのかな。この整ってる感がいいな」

「でしょー！　えへへっ。さすがガンマ、見所があるねっ」

そっか。メイベルは帝国民だったな。国をほめられてうれしいのだろう。

アルテミスもまたうれしそうだ。

「で、こっからどうするんだ？　メイベル」

「まずは帝城にご招待！　そこで我らが胡桃隊の、ウォールナット隊長に挨拶。そこで入隊の手続きって感じかな」

「隊長に挨拶……って面接ってことか？」

「ま、そんなとこ」

「……な、なんか不安になってきたな。大丈夫かな、俺、前の職場、クビになってるけど」

「だいっじょーぶ！」

にかっ、とメイベルが笑って、俺にぎゅっとハグしてくる！

ち、近い……！　距離が！

そんで胸がぐにってて！

「ガンマは男前だし、腕も確かだし、大丈夫！　隊長も歓迎してくれるよ！」

「そ、そうかな……」

「そうだよ！　だからほら、そんな不安そうな顔しちゃだめっ。ね？　元気出してこっ！」

……メイベルのやつ、俺の緊張をほぐしてくれてたのか。

だからくっついてきたのか。……なんかその気遣いがうれしかった。

「な、泣くことないだろー？」

メイベルが目を丸くして慌ててそういう。あれ、泣いていたのか、俺？

「そ、そうだな……すまん。俺、頑張るよ、面接」

「おうさ！　その意気だよ！　大丈夫、だめだったときはあたしが養ってやっから！」

「え、養うって……」

「ふ、深い意味はないよ！　ほらその……あれだその……あー！　もう帝城が！　ほらほら切り替えてこー！」

雑なごまかしっぷりだな……。

しかし元気は出たぜ。うん、頑張ろう。

「ずいぶんと、ナカガヨロシイデスネー」

アルテミスさんが笑いながら言う。笑ってるのに、目が笑ってないよ……。

え、何怒ってるんだ？

わからん……。

☆

帝城に到着した俺たち。ここもやっぱり縦に長い城だった。

城って言うか塔みたいな。

俺たちが向かったのは塔の地下。

建物は上へ向かって延びてるので、地下を訪れる人はあまりいないだろう。

広めの地下室が【胡桃隊】の詰め所らしい。

「よぉ、よく来たな。おれが胡桃隊の隊長、マリク・ウォールナットだ」

「…………」

「メイベルから聞いてるぜ。腕の立つ弓使いなんだってな。期待してるぜ？」

「…………」

「ん？　どうしたガンマ？」

「あ、え……っとぉ、あ、あなたが……その、隊長？」

「そうだ。見てわかるだろ？」

「……見てわからないから聞いたんですが……」

胡桃隊の隊長と呼ばれるそいつは、俺の目の前にいる。

机の上に、座っている。

俺は彼を、見下ろしている。

「ええと……ウォールナット隊長？」

「マリクでかまわんよ」

「はあ……じゃあ、マリク、隊長？」

「どうした、ガンマ？　質問か？　なに気遅れするな。ガンガン聞いてこい？　ん？　何がわからない？」

わからない。

そう、わからない……。

「なんで、リスがしゃべってるんですか？」

そう……俺の目の前にいる、胡桃隊の隊長とやらは……。

明らかに、リスだったのだ！

あの小さくて、茶色の小動物！

手のひらサイズのかわいいリス。

　しかしサングラスをかけていて、葉巻を咥えている。

「いい質問だ。だがガンマ、この世には知らなくていいことってもんがあるんだ。おれがリスなのはそれだ。まあ些細な問題だ」

「隊長がしゃべるリスなの、些細で済ませられないんですが……」

　え、リスって……リスが隊長って、あ、ありえないだろ……。

「まあここではこれくらい日常茶飯事だ。胡桃隊は少々変わったやつらが多いからな」

「代表格のあんたが言うと説得力ありますね……」

　隊長のデスクに座る、小動物《マリク隊長》に、アルテミスもメイベルも特に驚いた様子もない。

　本当にこのリスが隊長なのな……。

　困惑する俺をよそに、リスがテーブルの上の書類を読み上げる。

「ガンマ・スナイプ。今日からうちの胡桃隊に任命する。皇帝陛下からの任命書だ。受け取れ」

　苦労しながらリス……もとい、マリク隊長が書類を持ち上げようとする。

　だがいかんせんリスなので、苦労していた。

　そこへ……。

「……隊長。私がやります」

マリク隊長のそばに、人形のようにたたずんでいた、どえらい美人がそう言った。

あまりに動かないから、人形かと思った……。

「おお、シャーロット。頼むわ」

「……承知いたしました」

シャーロットと呼ばれた美人が、任命書を手に取る。

青く長い髪に、めがね。レンズの向こうには、猛禽類のように鋭い瞳が覗いてる。

「こいつはシャーロット。おれの補佐を担当してる。ま、副隊長ってこったな」

「……シャーロット・オズウェルです。よろしく、スナイプさん」

シャーロット副隊長は、クールな美人って感じだ。

隊長から書類を受け取ろうとすると……。

「おっとパイタッチ」

「ちょっ……⁉　マリク隊長⁉」

リスが副隊長の胸に、その小さな手で触れたのだ。

「おっとすまんなぁシャーロット！　体がよろけちまってよぉ！　がはは！　……ぐぇえええ！」

「……お気になさらず、ウォールナット隊長」

「死ぬ死ぬ中身でる！　中身でちゃうぅううう！」

一瞬で副隊長に捕まって、ものすごい力で握りつぶされてる。

マリクのおっさん……堂々とシャーロット副隊長の胸触ってやがった。

とんだセクハラリスだな……。

副隊長に握りつぶされる隊長を見ながら、メイベルが言う。

「気をつけてねガンマ。あのリス、セクハラ親父だから。胸とか遠慮なく触ってくるから」

「男にセクハラなんてしねぇよ……！　ごめんってシャーロット離して死ぬってマジで死ぬ死にたくない、たちゅけてぇえええ！」

ややあって。

「君もこれで、胡桃隊の一員となったわけだ！　おめでとう！　歓迎するぜ、ガンマ！」

「はあ……どうも……」

「んだよー、元気ないな。パイタッチしとく？　シャーロットに命令して触らせるか？」

「最低だなあんた！」

にかっ、とマリク隊長が笑う。

「そうそう、そういうノリでいいんだよ。確かにここは軍隊だけど、ま、うちは特殊だからよ」

……ああ、このおっさんも、メイベルと一緒で緊張してる俺を気遣ってくれたのか。

だから、わざと馬鹿やったわけか。

　意外といいおっさんなのかもしれないな。リスだけど。

「さて、手続きは完了したわけだ。んで、お次は隊員の紹介……って行きたいとこだが。うちは後ふたりで全員なんだよな」

「そういえば六人なんでしたっけ、胡桃隊って」

「そう。隊長《おれ》と副隊長《シャーロット》。隊員はメイベルとおまえと、もうひとり。あとは軍医」

「軍医さんまでいるんですか」

「ああ。うちは少数精鋭なのさ。もうすぐオスカーのやつも帰ってくると思うけど……」

　と、そのときだった。

「やあやあ！　このボクが帰ってきたよ！」

　ばーん！　と詰め所の扉が開いて、なかに入ってきたのは、さらさら髪の男だった。

　緑色の長髪に、すらりと長い手足。

「おお！　我が麗しのメイベル嬢！　帰ってきたのだね、ボクのために！」

「うげ……オスカー……」

　この緑髪の男が、胡桃隊の隊員か。

　メイベルは露骨にいやそうな顔してる……。

「はっは！　そうさ、このボク、オスカー・ワイルダー！　ただいま見回り任務から帰ってきたよ！　む？　むむ……！」

オスカーが俺に気づくと、ずんずんと近づいてくる。

ぎろっとにらんでくる。

「なんだよ」

「なんだよはこっちの台詞だよ。君……どうして男が、この部隊にいるのさ？」

「は？」

「ここはボクのハーレム部隊なのに！　男なんて不必要なのだよ！」

ハーレム部隊ってなんだよ……。

あきれてる俺をよそに、メイベル、マリク隊長、そしてシャーロット副隊長が口をそろえて言う。

「ちがうよ」「ちげーよ」「……違います」

マリクのおっさんがいる時点でハーレム部隊じゃないし。

なんだったら女性陣は、オスカーにいやそうな顔を向けている。

「嫌われてんな、おまえ」

「うるさい！　むかつく新人だな……よし決めたよ！」

びしっ、とオスカーが俺に指を指す。

「君、ボクと決闘だ！」

「は？　決闘……？」

「そう！　ボクが勝ったら、この胡桃隊を出て行きたまえ！」

☆

俺はなぜか、教練室にいた。

帝国は実力主義を掲げている。

隊員たちは日々、己の腕を磨いてるそうだ。

教練室は、軍に所属する人間なら誰でも利用可能な施設らしい。

ちょっと広めの、コロシアムを彷彿とさせる、楕円形のホール。

中央には俺と、そして緑の長髪男、オスカー・ワイルダーが立っている。

「なんでこんなことに……」

「ま、悪いなガンマ」

「マリク隊長……」

いつの間にか、俺の肩には一匹のリスが座っていた。

マリク・ウォールナット。この胡桃隊の隊長だ。なぜかしゃべるリスである。なぜしゃべるのか、俺にはわからない……。

「頼むよ。ガンマの実力を正確に把握しておきたいんだ」

「なるほど、これから一緒に働く仲間の力は、はかっておかないとですからね」

「そういうこった。あ、勝ったらいいとこつれてってやるから、手ぇ抜かないようにな！」

いいとこってなんだよ……。

まあ、興味がないわけじゃないけど。俺も男だし？　でも……ううん。

「さっさと始めてしまおうじゃあないか。といっても、決闘はボクの圧勝だろうけどね」

「やけに余裕そうじゃないか、おまえ」

「当然！　なぜならボクの得物は……これだからね！」

オスカーの腰についてるそれを、手に取る。

「それって……たしか、拳銃、だったか」

最近発明された武器だ。

筒のなかに金属の弾が入っており、火薬の爆発による推進力で、弾を前に飛ばすという。

「そう！　ここ帝国では、兵士たちには銃が標準装備として配られている。どういうことか、わかるかい？」

「いや、さっぱり」

「無知なる君に、この優しいボクが教えてあげよう！　いいかい、弓なんて武器は、この帝国では時代遅れの得物なんだよ！」

びしっ、とオスカーが銃口を、俺の持つ弓に向ける。

「弓と違ってこの銃という武器は、誰でも簡単に一定以上の殺傷能力を得る。この銃さえあれば、魔物の脳天を正確に打ち抜き、危険な敵を素早く倒せる」

「まあ、そりゃそうだ」

「一方！　弓は次の矢を打つために、たくさんの動作を必要とする。矢筒から矢を取り出す、かまえる、ひく、放つ。なーんてやってる間に敵から反撃を食らうし、モンスターの腹のなかさ」

「まあ、否定はしないけど。何が言いたいんだ？」

「つまり！　そんな骨董品を使う、前時代的な狙撃手に、この天才【銃手《ガンナー》】オスカー・ワイルダーは負けぬ！　ということさ！」

いや自分を天才って……。

どんだけ自分に自信があるんだよ。

「それでも戦うかい？　そうか！　戦うのか！　まあしかたない、教えてやろう、格の違いってやつをね……！」

「まだ何も言ってないだろ……」

話聞かねえな、この緑男……。

てか俺に戦わせたいのか、あきらめさせたいのか、どっちなんだこいつ……？

「おしゃべりはそれくらいにしろ、オスカー。ガンマも今日は移動で疲れてるんだ、早く寮に案内してやりたい」

　マリクのおっさんが、ちょっと離れた位置からそう言う。

　このおっさん、割と気遣いできるよな。

　うれしい……。俺の上司、基本パワハラだったからなぁ。

「ふん、そうかい。まあリクエスト通り、早く終わらせてあげるよ」

　ちゃきっ、とオスカーが手に持った拳銃を俺に向ける。

「これには実弾ではなく、訓練用のゴム弾が入ってる。だが、訓練用とはいえ当たると痛い！　しかーし、案ずることなかれ、ボクの精密な射撃は、相手に痛みを与えることなく気を失わせることができる！」

「たいそうな自信だな」

「一発だ！　一発で君をノックアウトしてあげよう！　そしたら胡桃隊から出て行きたまえ！　あそこはボクのボクによるボクのためのハーレム部隊なのだからね！」

「……御託はいいから、さっさとかかって来いよ」

　こいつが銃の腕に自信があるのは確かなんだろう。チャラく見えてこいつ、きちんと体を鍛えてるのがわかる。俺にはわかるんだよ。その鍛えかたから、こいつが、大言を吐くくらいには強いってことがな。

　だが、別に俺は怖いともなんとも思っていない。

これは命の取り合いじゃないからな。

「それじゃ……いくぞおまえら。準備はいいな？」

俺も今回は魔法矢ではなく、やじりにゴムのついた、訓練用の矢を借りている。

魔法矢以外を使うのは久しぶりだが、問題ない。魔法矢を学園で習う前は、これを使っていたんだからな。

「それじゃ……はじめ！」

「はっはー！　先手必勝！　ぐっばい！」

ドドゥ……！

銃口から火花がほとばしり、一直線にゴム弾がこちらに飛んでくる。

弾は一直線に、俺の眉間を貫こうとしている。

口だけ野郎ではないみたいだな。

俺は動きを目で追って、すっ、と半身をねじって、ゴム弾をよける。

「んなっ⁉　よ、避けただとぉお⁉」

「何驚いてるんだよ？」

「馬鹿な！　この距離で、実弾をよけることなんて不可能だろ⁉」

この距離って……まあ、オスカーとは3メートルくらい離れてる。

避けられない距離じゃない。

「どうした？　一発で終わらせるんじゃないのか？」

「くっ……！　今のは……まぐれだ！　そうに決まってる！」

オスカーが銃を構える。

ドドウ……！　ドドウ……！　ドドウ……！

今度は三連射。眉間、心臓、みぞおち。それら急所を正確に撃ってきた。

ああ、マジで腕のいい銃手《ガンナー》なんだな。

すかっ、すかっ、すかっ。

「馬鹿なぁああああああああああああ!?」

三発全部回避して見せた俺を、オスカーのやつが驚いて見やる。

「君！　今全部……目で追えていただろう!?」

「ああ。そうだな」

「そうだな!?　け、拳銃の弾がどれくらいスピードがあると思ってる!?」

「そんなに速いか？　俺のいた故郷じゃ、もっと速い鳥いたぞ」

「いるわけないだろ！　銃弾より速く動く鳥なんてええええ！」

いや、普通にいるんだが……。サンダーバードって鳥。

まあ、俺のいた人外魔境《スタンピード》って、珍しい鳥とか竜とか多かったからな。

「まだやるか？」

「当然だよ、……ふぅ」

　オスカーが目を閉じて深呼吸をする。

　目を開くと……さっきとは違った、真面目な表情で、俺をにらみつけてきた。

　なるほど、今までのは嘗めていたってことか。

「どうやら本気を出す必要があるようだ。もう一丁を抜かせるなんて……やるじゃないか」

　オスカーの両腕には、いつの間にか二丁の拳銃が握られる。

「ボクはこの二丁の拳銃に加えて、格闘技を組み合わせた特別な武技【ガンカタ】を使うのだ」

「ほぉ……。ガンカタね。接近戦もできるのか」

「ああ。君はやるようだから、本気で挑ませてもらうよ！」

　だっ……！　とオスカーがこちらに向かって突っ込んでくる。

　なかなかのスピードだ。

　接近しながらオスカーが撃ってくる。

　ドドゥ！　ドドゥ！　ドドゥ！　ドドゥ！

　俺は最小限の動きで全部回避する。

　だが回避してる間にオスカーが接近してきた。

　なるほど、ガンカタ。

銃でけん制し、そのすきに近づいて、格闘術に持ち込む戦い方ってわけか。

「この至近距離なら、避けられないだろぉ！」

オスカーが拳銃を突き出す。

銃口を俺の眉間に押しつけて、発射する。

ドドゥ……！

パシッ……！

「そんなばかなぁあああああ⁉」

「そんな驚くことか？」

「ありえないだろ！　君……銃弾を、指で摘まんだんだぞぉおおおお⁉」

「見えてるからな、全部」

やつが引き金を引くタイミング、飛んでくる銃弾。

俺の目には、そのすべてが見える。

「す、スキルかそれは……⁉」

「いや、生まれつきのもんだよ。俺は生来、目がいいんだ」

「目がいいってレベル超えてるよ君！」

「おまえ、しゃべってる余裕あるのか？　この距離なら、俺の攻撃も届くぞ」

俺の手が届く範囲にオスカーがいるからな。

　すると彼はぐっ、と身をかがめて、一瞬で俺の前から消える。

「おお、なかなかの速さ」

　一瞬で俺から距離を取って、オスカーが二丁拳銃を俺に向けてくる。

　ドドゥ！　ドドゥ！　ドドゥ！　ドドゥ！　ドドゥ！　ドドゥ！

　さて、そろそろ終わらせるか。

　俺は矢をつがえて、放つ。

　びぃいんっ……！

「ば、馬鹿な……⁉　き、君！　じゅ、銃弾を……矢で打ち落としただってぇ⁉」

　俺とオスカーの間には、ゴム弾が落ちてる。

　ゴム弾の中心部には、俺の放った矢が全部刺さっていた。

　空中で飛んできた銃弾めがけて、俺は矢を放ったのだ。

「な、なんで⁉　銃弾は、六連射！　六連続の銃弾を、矢で全部打ち落とすなんて無理だろ！

矢は一本ずつしか撃てないんだぞ⁉」

「ああ。だが簡単だよ。銃弾より早く矢をつがいて、放つ。それを六回やっただけだ」

「ありえない……銃弾より速い矢なんて……ありえるわけがない……」

「ああ、すまんな」

「？　がっ……！」

どさっ、とオスカーがその場に倒れる。

「矢は七本、放ってたわ」

六本は相手の銃弾を打ち落とし、最後の一本は、山なりに放っていた。

時間差で俺の放ったゴム矢が、オスカーの後頭部をなぐりつけたのである。

白目をむいて倒れるオスカーに、マリク隊長が近づいてくる。

気絶を確認した後、隊長は高らかに言う。

「オスカー、戦闘不能。よって勝者、ガンマ！」

わっ……！　と観客席からメイベルと、アルテミス皇女が歓声を上げる。

「すっごいよガンマー！」

「銃の名手オスカーを倒してしまうなんて、さすがです、ガンマ！」

隊長がぴょん、と俺の肩に乗って、ニッと笑う。

「オスカーは馬鹿だがかなりの実力者だ。それを倒すなんて……やるじゃねえか、ガンマ」

なんとか力を示すことができた。

良かった、認めてもらえたようだ。

こうして決闘は俺の勝利で終わったのだった。

☆

俺の所属する隊の男、オスカーとの決闘に勝利した。

その日の夜、俺は帝都カーターにある、酒場を訪れていた。

「今日は新人の歓迎会だっ。じゃんじゃん食って、じゃんじゃん飲んでくれよー！」

俺たちがいるのは普通の酒場じゃない。

テーブルの上に鉄の網がおかれてる。

網の下には炭が敷き詰められていた。

そして網の上には、一口大にカットされた肉がおいてある。

「メイベル、なんだ……これ？」

俺はマリク隊長とそのほか部隊のメンバーたちとともに、このお店に来ている。

卓を囲む、俺の隣には旧友メイベルが座っていた。

「焼き肉だよ！　帝都で最近流行ってるの。こうやってカットしたお肉を網の上で焼いて、みんなでわいわいしながら食べるんだ！」

「ふうん……変わった食い方するんだな」

肉っていや、棒に刺して食べるのが普通だからな。

丸焼きとか。カットした肉も確かに食べるって言えば食べるけど、それも薪にあぶってみたいな食い方だ。

隊長はいいとこにつれてってくれるって、決闘前に言っていたけど、なるほど、ここのことだったんだな。

「おれのおごりだから遠慮せず食えよ、ガンマ！」

「ありがとうございます、隊長。遠慮なくいただきます」

そうこうしてるうちに肉がじゅうじゅうと音を立てながら焼けていく。

薄くカットしてあるから肉はすぐに焼ける。

「ま、まだですか隊長！　なんかすごいいい匂いするんですけど！」

「まーまて、ガンマ。今日はもうひとり、うちの隊の最後のメンバーがそろそろ来るからよ」

今日この場にいるのは、所属することになった部隊、胡桃隊のメンバー。

構成員は六名。

隊長のマリクのおっさん。

副隊長のシャーロットさん。

隊員のメイベル、オスカー、そして俺。

最後に、軍医がひとりいるって言っていたな。

ちなみに今日、俺をスカウトした皇女アルテミスはこの場にいない。

とても行きたがっていたが、家族との食事会があるんだとさ。皇女さまも大変だな。

と、そのときである。

「ハァイ、みんなお待たせー♡」

「うひょぉおお！　【リフィル】ぅうううう！　待ってたぞぉおおおおおおお！」

テーブル上のリス（隊長）がぴょんっ、と飛び上がって、現れた人物の胸に飛び込む。

ど、どでかい……。

やばい、でかい……。そんな感想しか出てこないくらい、その人の胸は大きかった。

そして……エロい。

開襟シャツのボタンを上から四つめまで開けている。もう胸が完全に見えそうだ！

性別は、女。身長は一六〇センチ後半くらいだろうか。

ふわっとした髪質の、紫色のロングヘア。

口元には口紅がひかれていた。

軍服ではなく、白衣に袖を通しており、タイトスカートからは黒タイツにつつまれた、長いおみあしが伸びている。

「あらあら♡　隊長さんったら、いけない子♡　そんなにお姉さんのおっぱいがいいの？」

「はーい！　ぼくちんリフィル先生のおっぱいだいしゅきーーーーー！」

「ふふ♡　正直で結構。でもいいの、シャーロットちゃんが見てるけど？」

副隊長のシャーロットさんが、死んだ獣を見るような目で、おっさんリスを見つめている。

「だいじょーぶだいじょーぶ！　わはは！　これは隊員との立派なコミュニケーションだから！　セクハラじゃないから許される！　な、シャーロッ……」

サクッ……！

マリクのおっさんの額に、いつの間にか氷のナイフが突き刺さっていた。

え、ええ⁉

誰がやった……てか、何が起きたの⁉

慌てる俺に、メイベルが苦笑しながら言う。

「落ち着いてガンマ。いつものことだから」

「いやいつものって……」

「隊長が馬鹿やって、副隊長がそれをいさめる。それが、うちの日常！」

なるほど……さっきの氷ナイフは、シャーロット副隊長がやったのか。

てか、いつの間に取り出したんだ？

速くて、俺の目でも追えない速度だった。なかなかあの人も、武闘派なんだな……。

後からやってきた軍医の先生が、ふと、俺を見やる。

「あら？　きゃー♡　かわいい子がいるじゃなーい♡」

「ど、どうも……ガンマ・スナイプです」

「初めまして♡　アタシはリフィル。【リフィル・ベタリナリ】。よろしく～♡」

リフィル先生が身をかがめて、俺に手を伸ばしてくる。

たゆん……と胸が、揺れた。なんだこれ、でけえ……。

「あらあら♡　そんなに気になっちゃう？」

「あ、えと……すみません！」

「ふふ♡　いいのよ、若いんだし、お姉さんのおっぱいが気になっちゃうのはしょうがないわ♡　まあ、隊長さんみたいにいつまでもエロジジイじゃ困るけど」

胸とかじろじろ見ても全然動じない。

お、大人……。

「むぅ……」

「あらぁ、どうしたのメイベルちゃん？　たこさんみたいにむくれちゃって」

「べつにっ。せんせーはボタンを首元まで閉めたほうがいいよ！　ふけんぜんだもん！」

「あらあら～♡　そういうこと……♡　ふふっ、楽しい職場になってきたわね」

リフィル先生が席に座る。

これで、胡桃隊の六人がそろったことになる。

「お、ちょうどいい感じに焼けてるな！　んじゃ今日は新メンバーの歓迎会だ！　腹が破裂するまで食えよおめえら！」

「「「おー！」」」

☆

焼き肉はめっちゃ美味かった。

とてもいい肉を使っているらしい。脂が、甘い。

塩こしょうとかで味付けしてないのに、甘くて美味い！　こんな肉食べたのは初めてだった。

俺はあまりに美味すぎて、最初のほうは会話に集中できなかった。

メンバーたちは、俺が食うのに集中できるように、ほかのメンバー同士で話していた。

ほどなくして、落ち着いてきたタイミングで、リフィル先生が声をかけてきた。

「聞いたわよガンマちゃん♡　オスカーちゃん倒したんですって？　すごいじゃない！」

「どうもです」

「オスカーもこう見えてS級隊員なのに、それをあっさり倒しちゃうなんてすごいわぁ♡」

「S級隊員？」

初めて聞く単語だ。

するとオスカーが、ばっ、と立ち上がって説明する。

「マデューカス帝国軍は、隊員の強さに応じてランク付けがされているのだよ！　一番下はC、

「へぇ……じゃあオスカーは最高ランクの隊員だったのか？」

「そのとおりだよ兄弟！　一番上はＳ！」

「きょ、兄弟ぃ……？　別に俺、あんたの兄でも弟でもないんだが」

オスカーが笑顔で俺の肩をたたき、そのまま首の後ろに腕を回してくる。

な、なんか急になれなれしいな……。

「ボクは基本的に男を認めていない。とりわけ自分より弱いものをね！　しかーし！　君は特別さ！　その強さ、尊敬するに値する！　素晴らしい動体視力と、射撃の腕だ！　感服したよ」

「ど、どうも……」

「これからもよろしく頼むよ兄弟！」

「兄弟はやめてくれ……」

しかし、そうか。こいつ、俺のこと認めてくれるんだな。

出会い方は悪かったが、意外といいやつなのかもしれない。

すると女性陣（メイベル、シャーロット、リフィル先生）が言う。

「さっきの戦い、ほんとすごかったよ！」

「……銃弾を打ち落とした手腕、お見事でした」

「こんな若いのにたいしたものねぇ♡　すごいすごい♡」

女子たちが口々にほめてくれる。

な、なんか照れくさいな……。

「あたしとしては、やっとまともな男が入って、安心したって感じかな。ガンマ頼りになるしっ」

「……確かに、うちの隊はエロと馬鹿しかいませんでしたからね。その点ガンマ君はとてもいい子で安心しました」

「強くて頼りになる上に、かわいいし♡　お姉さんガンマちゃんが一番タイプかなー♡」

それを聞いていたマリクのおっさんとオスカーが割って入る。

「おいおいエロってもしかしておれのことか？」

「馬鹿ってボクのことじゃあないよね？」

「「「あんたらのことだよ」」」

「「ぐぅ……」」

マリクのおっさんとオスカーがへこんでいる。

でも雰囲気が悪くなることはない。こういうやりとりもいつものことなのだろう。

「ま、とにかくうちに最高の新人が入ってくれて良かったよ」

「マリク隊長……」

「これからもよろしくな、ガンマ。期待してるぜ。頑張ったらそのたびにいいとこ連れてってやる！　だから頑張れ！　適度にな」

……前の職場とは大違いだ。

あそこでは、俺が何をしても認められることはなかった。

Sランク冒険者パーティ【黄昏の竜】。あそこはリーダー・マードのワンマンチームだから、イエスマン以外は認められなかったんだよな。同じ学友なんだ、上も下もないだろうに、力のあるマードの意見が最優先されている、いびつ極まるチームだった。

でも……ここは違う。きちんと俺を認めてくれる、必要としてくれる。

だから……。

「わかりました、俺、ここで頑張ります！　だからその……よろしくお願いします、皆さん！」

☆

翌日、俺は胡桃隊の詰め所へと訪れていた。

「おーう、ガンマ。早いじゃあねえか」

「マリク隊長。おはようございます」

壁際には、一匹のリスが座っている。

この人が胡桃隊の隊長、マリク・ウォールナット隊長だ。

サングラスをかけたリスが、テーブル上に広げていた新聞から目を上げて、にかっと笑う。

「軍服、似合ってるぜ。サイズはどうだ？」

「はい、ばっちしでした。寮といい、隊服といい、用意してくれてありがとうございます」

「気にするな。それらは軍人ならもらって当然の権利だ。いちいち礼なんていらねえよ」

俺が袖を通しているのは、濃いめの青色の軍服だ。

ズボンにジャケット。黒い軍靴。

そしてコートというもの。

「もっと着崩しても、アレンジしてもいいんだぜ？」

「そういえばメイベルもシャーロットさんも、それぞれ色違いのマントだったり、少し改造してたりしますよね」

メイベルは白マント、シャーロットさんはスカートにタイツを穿いてる（女子はズボンとスカートどちらでもいいらしい）。

ちなみに、我が隊の隊長は、ジャケット＋マントという格好だ。

……これ、下半身まるだし……いや、深く考えるのはやめとこ。

「ほかの連中が来るまでまだちょい時間があるな」

「え、今八時ですけど」

「うちは出勤九時だ。まあ一時間くらいの遅刻はＯＫとしてる。実質一〇時スタートだな」

「おそ……。朝そんなゆっくりでいいんですね」

「おうよ。ちゃんと伝えてなくって悪かったな」

しかし九時出勤、遅刻オッケーって……。

最高じゃないか。朝ゆっくりできるのがうれしすぎる。

前の職場だと、遅刻厳禁。誰よりも早く集合しないといけなかったからなぁ。

「ほかの連中が来る前に、軽く仕事の説明しとくか。まあ、座れや。自分のデスクに」

胡桃隊には隊員ごとにデスクがおかれている。

まだ何もおかれていない、きれいな机だ。

ぴょんっ、とマリク隊長がデスクの上に乗っかる。

「胡桃隊の仕事を説明するぜ？　つっても、うちの仕事は大きく三種類だ。①皇女からの依頼、②住民からの依頼、③討伐任務」

「アルテミスから、住民からの依頼……。討伐っていうのは？」

「ま、文字通り敵の討伐。簡単な害虫駆除さ。そこはおいおい説明するよ」

「がいちゅうくじょ……？」

虫なんて出るんだろうか。

田舎町って感じじゃないのに……。

俺のわかってなさそうな表情を見たマリク隊長が、首をかしげる。

「メイベルのやつ説明してないな……いや、ま、大丈夫か。あんだけ戦えりゃな」

何か特別なことをさせられるのだろうか。

マリク隊長は「気にするな」と言って軽くスルーし、説明を続ける。

「①皇女からの依頼は、文字通りアルテミス関連の依頼だな。公務で出かけるときの護衛が大半だ」

「皇女のボディガードみたいなもんですかね」

「そうだ。続いて②住民からの依頼。アルテミスは皇族だが、住民からの相談をよく受ける。あいつかわいいし愛想がいいし優しいから、ま、当然っちゃ当然だわな」

アルテミス様を経由して、住民から来た苦情に対処するって感じだろうか。

「②には帝都の巡回も含まれる。シフト制だ。あとでスケジュールに目を通しておけよ」

「わかりました。……結構、軍人っぽくないですね」

「ま、皇女直属、私設部隊だからな。組織に向かない、細々とした仕事が多いんだよ。例外である③討伐依頼もあるけどな」

討伐依頼……何を倒すのだろうか。

単純に考えるとモンスターだろう。

だがそれなら冒険者がやるだろうし、わざわざ軍人がやる仕事じゃないような……。

「ガンマ、今回の任務は①皇女《アルテミス》の護衛任務だ。王国で開催されるパーティに彼女が参加する。そこに俺ら胡桃隊は護衛として全員参加する」

「六人全員で参加ですか？」

「ああ、他国からも大勢参加する大きなパーティだ。もめ事が起きる可能性もある。テロリストがくるかもしれん」

「て、テロリストですか……」

「ま、滅多にないことだからそこまで気張らなくていいが、念のためそういうケースもあることは頭に入れておけよ」

「初仕事でそんな大事、絶対起きないでほしいんですが……」

「大丈夫大丈夫、滅多にないから。これねえってテロリストなんて。だから緊張すんなって」

だといいんだけど……。

☆

ミーティングを終えて、パーティに参加する皇女の護衛任務につくことになった。

帝都から、俺が元いた王都へと、馬車に乗って移動する。

馬車のなかには、アルテミスがいて、その護衛として銃手オスカーと軍医リフィル先生がそばについてる。

残りのメンツは、馬車を囲うようにして付き従う。

「どう、ガンマ？　きんちょーしてる？」

「メイベル……。まあ、多少」

がっちゃんがっちゃんと馬を操ってメイベルが近づいてきた。

俺たちの乗っているのは、普通の馬じゃない。

錬金の天才、メイベルが作った魔導人形《ゴーレム》の馬だ。

こちらが手綱を握ってあやつらずとも、自動運転してくれるらしい。なんとも楽だ。

「大丈夫！　だって、ガンマがいるもん！」

パシュッ。

「いや俺がいても、トラブルは起きるだろ？」

「でもでも、ガンマがいれば敵の不意打ちぜーんぶ防げるし！」

「そりゃ多少、目がいいから、不意打ちには気づけるけど……護衛任務なんて初めてだからなぁ」

パシュッ。パシュッ。

「そうなの？　冒険者時代は護衛とかしなかったの？」

「そうだな。リーダーの方針で目立つ仕事優先しててさ、誰かを守ることに専念する仕事ってやったことなくってさぁ」

パパパパパパパパパパッ……！

「おいガンマ、なにやってるんだおまえ？」

「あ、マリク隊長」

気づけば俺の肩の上にリスが座っていた。いつの間に……。

「なんかさっきから変な音しねえか？」

「あ、すみません。うるさかったですか？」

「別にうるさくはないんだが、何の音だ」

「弓での狙撃音です」

ぽかん……とマリク隊長が口を開く。

「そ、狙撃……？　弓なんて、おまえ撃ってるのか？」

「ええ」

「で、でもこう……弦をはじいて、矢を放つみたいな動作してなくないか？」

「してますよ」

パシュッ！

「ね？」

「いや、ねって……。そうか。おまえの得意技は早撃ちだったな。銃弾よりも早く矢を撃つんだ。目で追えなくても当然か。やるじゃねえか」

「どうもです」

やっぱり人からほめられるとうれしいな。

メイベルは俺を見てニコニコしている。

「うんうん、ガンマがほめられると、あたしも嬉しい！」

「スカウトしたのおまえだもんな。自分の評価に繋がるだろうし」

「そういうことじゃなくて。あたしはガンマがうれしそうなのが、うれしいの！」

「そ、そうか」

「うん！」

メイベルの笑顔を見てると、ドキドキした。

いや、いかんな。うん。向こうは単なる隊員と思ってるのに、俺だけ意識するのはキモイよな。うん、自重しよう。

そんなこんなあって、その後も馬車は順調に進んでいき、王都にはあっさりと到着した。

「って、ちょっと待てや！！！」

肩の上のマリク隊長がツッコミを入れてくる。

「めちゃくちゃあっさり到着してるじゃあないか！　どうなってるんだ！」

「いや、どうなってるって言われましても……」

「外はモンスターがうろついてるのが当たり前なんだぞ。馬車での移動とはすなわち、敵との遭遇とイコールだ。なのに！　今日は一度も敵と出会わなかった！」

「まあ、俺が倒してたからな。馬の上から、狙撃して」

「全部？」

「はい、全部。弓を使った狙撃に加えて、俺には【鳳の矢】って言って、自動で敵を迎撃する魔法矢がありますし。射程に入った敵は全部倒しました」

「な、なるほど……改めておまえの狙撃、すごすぎるってことがわかったよ……」

と、そのときである。

ずずぅうん……ずずぅうん……と規則正しい地面の揺れが発生する。

「隊長、これ……地震かな？」

「いや、生き物の足音くさいな。ガンマ、鷹の目で見れるか？」

隊長からの命令で、俺はスキル鷹の目を発動。

離れたところの景色が俺の脳内に入ってくる。

「確認できました。山のように大きな亀が、王都へと進撃してます」

「火山亀だなそりゃ……Sランクのやっかいな敵だ」

馬の頭の上で、マリク隊長がううむとうなる。

「早めに対処したほうがいいな。みな、集合！　これより敵・火山亀を迎撃するぞ」

「いや、必要ないよ。ね、ガンマ？」

メイベルに言われて、俺はうなずく。

馬の上に立ち、弓を構える。

ごごお……と赤い光の矢が出現。

「なっ⁉　なんだよこの高出力の魔力は！」

「【竜の矢《レーザー・ショット》】！」

矢を放つと同時に、前方めがけて熱線が照射される。

地面をえぐりながら超スピードで、レーザーの矢が飛んでいく。

ぼっ……！　と矢は火山亀の体の中央をくりぬいた。

そのまま大きな音を立てて火山亀が倒れる。

「ふぅ……」

きちんと射線上には誰もいないことは確認してたし、竜の矢による被害もゼロ。

「お、おまえ……何したんだ……今の？」

隊長が馬の上で腰を抜かしていた。

俺は彼を手のひらに乗せて説明する。

「こっから狙撃して倒しました」

「か、火山亀を？　Sランクを、矢の一発で⁉」

うなずいてみせると、隊長は愕然とした表情になる。

馬車から降りてきたメンツには、メイベルがそのことを説明した。

皇女アルテミスが微笑むと、俺のそばまでやってきて、頭を下げる。

「ありがとう、ガンマ。あなたのおかげで快適な旅程でした。やはり……あなたは素晴らしい狙撃手ですね」

「いやほんと、たいしたやつだ。すげえよ、ガンマ」

隊長と皇女、そして隊のみんなからほめられて、俺はうれしかったのだった。

☆

これはガンマが火山亀を一撃で倒すより、前の出来事。

ガンマが元いたSランクパーティ【黄昏の竜】。

そのリーダー、魔法剣士マードは、冒険者ギルドのギルド長から直々に招集を受けていた。

「火山亀の討伐依頼だぁ？」

ギルド長の前に、ふんぞりかえって座るマード。

長い銀髪に、派手な鎧。鷲鼻に、意地の悪そうな目つき。

「その通りだ、マード。ほかの冒険者から報告を受けた。王都からは少し離れるが、森で火山亀を……」

「おっとぉ、ギルド長さんよぉ？」

「なんだ？」

「マード、さん、だろぉ？」

……完全に調子に乗っていた。

ぴくっ、とギルド長がいらだったようにこめかみを動かす。

「……話の腰を折るな。緊急のクエストなのだぞ」

「だからなんですかぁ？　人に敬意を払えないようなやつの頼みは聞けないなぁ？」

ぐっ……とギルド長が歯がみする。

マードのほうが年下である。

だが彼のほうが実績がある。

たくさんの難敵を撃破してきた、という実績が。

「ここでおれの機嫌を損ねていいのかなぁ？　今、王都にいる最強の冒険者はだれだ？　そう！　このおれだよなぁ？」

「…………」

「あーあー、なーんかやる気失せるなぁ。帰っちまおっかなぁ？」

ギルド長はぐっと歯がみする。こんな態度の悪いガキになぜ頭を下げねばならないのかと。

だが今王都に住む人たちの命はこの男にかかっていると言える。

タイミングの悪いことに、今夜は国王主催のパーティが開かれる。

各国から要人が王都に集まってくる。

そんなときを狙ったかのように凶悪なモンスターの出現。

ここで対処できなければ、諸外国にまで被害が及ぶ。

王国のメンツも丸つぶれだ。

「……お願いします、マードさん。どうか、お助けくださいませ」

深々と、ギルド長が頭を下げる。

その様子に自尊心を満たされたのか、マードは満足そうにうなずく。

「しっかたねえなぁ！　受けてやってもいいぜぇ？　ま、もっともぉ？　報酬ははずんでもらうぜぇ？　たんまりとなぁ！」

「……わかっている。だが金を払う以上、必ず火山亀を討伐してきてくれ。失敗は許されんぞ」

マードの眉間にしわが寄る。

ぶべっ、とギルド長に向かって彼はつばを吐いた。

ありえない暴挙であるが、彼は自分がこんな態度をとってもいいことを知っている。

知ってる上で、横柄な態度をとる。

「うっせーたこ！　誰に物言ってるんだ？　天下のマードさまが、Ｓランクモンスターごときに後れを取るわけねえだろぼけが！」

後ろで控えていた取り巻きたち《パーティメンバー》が、「そうだそうだ」と追従笑いを浮かべる。

「亀ごときおれが余裕でぶっ殺してきてやんよ。失敗なんてありえない。てめえはちゃっちゃと報酬用意しておけよおっさん」

そう、自信満々にマードが答えるのだった。

☆

マードたちは王都を出て、近郊の森へと向かった。

だが……。

「ぜえ……はあ……ぜえ……な、なんだ？　どうなってるんだぁ……？　今日は異様に、雑魚敵と遭遇しやがる……」

マードは異常事態に首をかしげていた。

スライム、ゴブリン、白狼そのほか諸々……。

街道を歩いていると、次から次へ、異様なくらい、モンスターと遭遇したのだ。

そのたびに全部戦ってきた彼ら。

というより主にマードだ。

彼は自分が目立つために、自分が倒すと言って、無駄な戦いを繰り返していた。

結果、彼は無駄な力を使いすぎて、かなり体力を消耗していた。

「くっそ……こんなに体力使う冒険は初めてだぜ……」

それは当然だ。

雑魚は全部、ガンマによって、出会う前に倒されてきたのだ。

彼の陰ながらの支援があったからこそ、体力を温存できていた。

……しかし、今はもう彼がいない。

「なぁマード。もしかして……ガンマがいなくなったからじゃないか？」

「ああ!? てめぇ口答えする気か!?」

「い、いやただ……ガンマがいなくなった日を境に、急にモンスターと戦う回数が増えた気がしたから……」

ガンマ追放から今日まで、ほかにも依頼を受けていた。

マードは気づいていなかったようだが、仲間のひとりは、戦闘回数の増加に疑問を覚えてたようである。

それが、今回のことと加わり、ガンマがいなくなったから雑魚戦が増えたという結論に至ったのだ。しかし……。

「うるせえ！　今日はたまたまだ！　別にガンマの野郎がいようがいまいが、関係ないんだよ！」

仲間を罵倒し、殴り飛ばす。

殴られた彼は頭を下げる。

「今度口答えしたら、てめえも追放だぞ！」

と、そのときだった。

「マード！　あれを！　火山亀だ！」

森のなかを動く巨大な何かを見かけた。

最初は山かと、勘違いした。だがそれは動く巨大な亀だったのだ。

仲間たちは巨大な敵を前に完全に萎縮していた。

「はっ！　びびってんじゃねえよ、てめえら。おれがいる……この最強魔法剣士様がいりゃ、どんな敵も楽勝よ！」

「そ、そうだ！」「ぼくらにはマードがいる！」「頼むぜマード‼」

「はっ！　見とけよ雑魚ども！　おれの華麗なる剣を……ぶべええ！」

ペラペラとくっちゃべっていると、大木が落ちてきて、マードに落下したのだ。

火山亀が一歩足を踏み出した衝撃で、森の木々が吹き飛ばされていたのだ。

その一つが自由落下してきたのである。

「いっつぅ……！」

「だ、大丈夫かマード⁉」

魔力で体を強化していたので、マードの体には大ダメージが入らなかった。

とはいえ……。

「馬鹿野郎！　なんで言わない！　アブねえって！」

「いや、おれたちも気づいてなかったし……」

「言いわけするな！　くそ！　おれがこんな初歩的なミスするなんて。生まれて初めてだぞ！」

だが、それは間違いだ。

本当は今まで、同じようなイージーミスは起こっていたのだ。

たとえば、崖上から岩が落下してきたとき。

そのときもおしゃべりしてて気づかなかったが、ガンマがそれにいち早く気づき、狙撃で対処していたのである。

脇の甘いリーダーを、陰からサポートしていたのは、ガンマ。

そのことにマードはまったく気づいていない。

「ちっ……！　出鼻くじかれちまった！」

マードは大木を手でどける。

魔力で強化した腕力なら、大木くらい簡単に持ち上げられるのだ。

「だが……ショーはこれからだ！　くらぇ！」

マードは魔法剣を片手に、火山亀へと特攻。

「ちぇえすとぉおおおおおおおおおおおおおおおお！」

大上段からの、大ぶりな一撃。

だが……。

がきぃいん！

「なっ⁉　そんな馬鹿なぁ⁉　お、おれの無敵の魔法剣が通じないだとぉお！」

火山亀の足を斬りつけたつもりだったのだが、外皮にはじかれてしまったのである。

「なんでだよ！　こんな……くそ！　くそ！」

かんかんかんっ！　と魔法剣で火山亀の外皮を斬りかかるが、全部はじかれる。

……だが、これにも理由があった。

「お、おいバフ！　支援魔法はどうした⁉　いつもかけてるだろ⁉」

マードが仲間の魔法使いに、そう言う。

支援魔法。文字通り、かけた相手の腕力や素早さを向上させる補助魔法だ。

しかし……。

「な、何言ってるんだ……？　支援魔法なんてぼく、使えないよ？」

「はぁあああああああ!?　んだよそれぇええええ!?」

てっきり仲間の魔法使いが支援魔法を使ってるのだと思っていた。

何も言わずとも、優秀な魔法使いは、リーダーである自分にバフをかけていたと。

彼はワンマンで、しかも自分が目立つこと、自分の功績しか興味なかった。

だから、仲間がどんな力を持っているのか、知らなかったのだ。

支援されても感謝しないし、その情報を仲間内で共有することもない。だから、今回のような認識の齟齬が起きたのである。

「じゃ、じゃあ……おれにバフかけてたのは、いったいだれなんだよ!?」

「さ、さあ……？」「も、もしかして……ガンマじゃね？」

仲間のひとりが気づく。

魔法使い以外は、支援魔法はおろか、初歩の魔法すら使えない。

だとすれば、もう消去法でガンマしか残っていないのだ。

……正解である。ガンマは支援魔法が使える。

正確に言えば、【力の矢《パワー・ショット》】。魔法矢の一つだ。

矢を当てた相手を支援し、力を向上させる能力を持つ。

確かにガンマは言いつけを守り、敵を倒す邪魔はしてこなかった。

だが、何もせずぼうっとしていたのではない。魔法矢での支援を、行っていたのである。

「ふ、ふざけんな！　ガンマがそんな器用な真似できるわけ……」

「マード！　前！　前！」

ぐぉ……！　と火山亀の巨大な足が近づいてくる。

火山亀の蹴りが、見事に、マードの体に激突。

「ほぎゃぁああああああああああああ！」

まるでピンボールのように吹っ飛んでいく。

くるくると空を舞って、ぐしゃりと顔から撃墜。

「ひぃぃ……いてぇ……いてぇえよぉお……」

全身を強打したマードは、無様に地面に這いつくばる。

仲間たちは絶望していた。自分たちの絶対的エースが、今まで負けなしのリーダーが、あっさりとやられてたのだ。

マードのワンマンチームである黄昏の竜に、火山亀と対抗できるものはいない。

彼がやられたら終わり。そういうチームなのだ。

「お、おしまいだ」「マードでも太刀打ちできないなんて……」「もう……おわった」

火山亀が足を持ち上げて、マードを踏み潰そうとする。

「ひぎぃいいいい！　助けてぇえええええええええええええええええ！」

と、そのときだ。

ごぉお……！　とすさまじい勢いで、熱線が通りすぎたのは。

それは遠く離れた場所から放たれた、ガンマの魔法矢【竜の矢】。

レーザーの矢は森の木々を、そして一直線上にいた火山亀の硬い体を、貫いたのだ。

一瞬の静寂の後、火山亀があっさりと倒れる。

マードは呆然と、死体となった火山亀を見つめる。

「な、んだ……なにが、起きた？　誰かが、やったのか？　これ……誰、が……？」

周囲を見渡すも、しかし倒した人間の姿は見えない。

どれだけ待っても、討伐者がこちらにやってこない。

そんななかで、仲間がぽつりと言う。

「まさか……ガンマ？」

「なんで、そうなんだよ！」

「いや……だって、こいつ倒したやつが、全然姿現さないじゃないか……」

「やったのがほかの冒険者かもしれないだろ⁉」

「だったらなおさら、おかしい。ぼくら冒険者は、倒した証に、モンスターの一部を回収するだろ？」

確かにそうだった。

倒したのに、討伐の証がなければクエスト達成とならない。

となると冒険者じゃない。では誰が……と考えたとき、彼らの脳裏に、天啓の如く、ガンマの姿がよぎったのだ。

「ば、馬鹿言うな！　あ、ああ、あいつがこんな……こんなこと、できるわけねえだろぉおお！」

マードは認めなかった。否、認めたくなかった。

火山亀。自分がまったく歯がたたなかった相手を、易々と、一撃で倒したのが……。

自分が無能と断じて、追放した男なんて……。

「認められるわけないだろ！　くそ！　くそぉおお！」

☆

俺たち胡桃隊は、皇女の護衛として、王都へとやってきた。

パーティが開かれるのは今日の夜。

少し早めに着いた俺たちは、来賓室でパーティが始まるのを待つ。

その間に、隊のメンバーたちで集まってミーティングを行う。

「さて、おまえら。会議を始めるぞ」

テーブルの上には手乗りサイズのリスが乗っている。

俺たち胡桃隊の隊長、マリク・ウォールナット隊長だ。

「今回は護衛任務。アルテミスがパーティに参加している間、彼女の身の安全を確保するのがおれたちの仕事だ。シャーロット、配置図を」

「……こちらが会場内の地図、そして来賓のリストになります。それと、ガンマさんにはこれを」

シャーロット副隊長が、俺に手のひらサイズの何かを手渡してきた。

「イヤリング……ですか？」

「それは通信用の魔道具だ」

「つ、通信用……？　まさか、離れたところから会話できるんですか、隊長？」

「そのとおりだ。ちなみにおまえ以外も全員がその通信用イヤリングをつけてる。離れてても、まあこの城のなかくらいならメンバー同士での通話が可能だな」

「……いや、これよく考えなくても、すごい代物ですよね。こんな高そうなアイテム、いいんですか？」

「おう、使ってくれ。おまえもこの隊のメンバーになったわけだしな」

隊長だけでなく、ほかの隊員たち全員がうなずく。

俺が隊の役に立つと信じてくれてるから、こんなすごい魔道具を与えてくれたんだ。

……その期待に、きちんと応えられるようにならないとな。

「ありがとうございます！　俺、頑張ります！」

「おう、がんばれ。あ、ちなみに壊れたらすぐ言えよ。おれが直すから」

「え、隊長が？」

「ああ。魔道具の作成と補修は、おれの仕事だからよ」

隊長そんな特技があったんだ。この隊の人たちは皆、特別な力をそれぞれ持ってる。

メイベルが魔導人形《ゴーレム》作成、オスカーが近接戦闘のように。

そうか、隊長は魔道具を作成する、魔道具師だったんだな。

「さて、話を戻すぞ。今回は隊を三つに分ける。何かあったときのために二人一組で行動すること。護衛担当はそれぞれ①皇女の身辺警護、②会場内の見回り、③会場外の見回りだ」

メンバは以下のとおりになった。
①リフィル先生、オスカー
②俺、マリク隊長
③シャーロット副隊長、メイベル
「俺、会場外のほうがよくないですか？　【鷹の目】スキルは室内だと効果半減ですし」

鷹の目は鳥瞰視を可能にするスキルだ。しかしこれは、俺の視界の届く範囲内を鳥瞰できるというもの。

建物の壁によって視界が阻まれると、外まで見ることができない。室内だと最大の効果が発揮できないのだ。

「十分だ。会場内に怪しいやつがいたら無力化しろ。やばいのは外の敵よりも、警備の目をくぐってなかに入ってきた敵のほうだからな」

「外はあたしの魔導人形《ゴーレム》と、シャーロット副隊長の【氷剣《ひょうけん》】があればバッチリだよ！」

氷剣……。シャーロット副隊長は剣を使うのか。

でも彼女は武器を携帯している様子はない。何か特別な力を使うのだろう。

「オスカーの格闘術、リフィルの医術があればアルテミスの警護は万全だ」

「ふはは！　ボクがいればどんな敵もイチコロさ！　……しかし、会場内での武器の携帯が許されないのは、ちょっとどうなのだろうね」

「しかたない。主賓である王国側の要請だ。オスカーの銃、そしてガンマの弓はパーティ会場内に入るときに取り上げられる」

「何かあったときはどうするのだね？」

「素手で対処しろ。いいな、オスカー、ガンマ」

俺とオスカーはそろってうなずく。

弓がないと魔法矢の恩恵を一〇〇パーセント受けられないが、ないならないでやり方もある。狩人としてのスキルに武器は必要ないし、それに俺には仲間たちがいる。

だから、大丈夫だろう。

「こういうパーティでは大なり小なりもめ事がつきものだ。みな十分に気をつけること。以上！」

何事もないのが一番だが、気は抜けない。隊長の言うとおり警戒心は解かないようにしよう。

☆

日も暮れて、パーティが開催された。

俺たち胡桃隊は手はずどおり分かれて、警護に当たる。

ドレスに身を包んだ貴族、王族の偉い人たちが集まって、そこかしこで談笑している。

俺は軍服を着た状態で、会場内を練り歩いている。

帝国軍の軍服だとすぐにわかるらしいので、別に周りからはなんとも思われてないようだ。

ひょいっ、と俺の肩の上に小さなリスが乗る。

「ガンマ。会場内の様子はどうだ？」

「今のところ異常はないですね」

鷹の目スキルを使って会場内の人たち全員に目を配らせてる。

だが特に怪しい動きをするやつや、武器を隠し持ってそうなやつはいない。

「おまえの目は遙か遠くを見渡す力、動体視力もずば抜けてるが、ものを見分ける力にも長けてるな。細かな異常、たくさんのなかから特定の一つを見抜くその視力は評価に値するぜ」

「あ、ありがとうございます……！」

今までその点を評価されたこと、一度もなかった。

この人……本当によく俺のことを見てくれている。

ほんと、いい上司だよなぁ……。

と、そのときだった。

「ガンマ様!? ガンマ様ではありませんか!?」

白いドレスを着た女性が、俺に小走りに近づいてきたのだ。

見覚えのある顔だった。確か……。

「ヘスティア王女殿下」

「へ、ヘスティア!? ゲータ・ニィガの第一王女じゃねえか！」

肩の上でぎょっとしているマリク隊長。

そこへ、ヘスティア様が近づいてくる。

桃色がかった髪の毛に、大きな胸が特徴的な女性だ。

「ヘスティア様、お久しぶりです」

「は、はい、お久しぶりですわ……」

彼女はなぜか、困惑してる様子だった。

なんだろう?

隊長がつんつんと俺の頬をつついてくる。

「お、おいガンマ。どういう仲なんだよ」

「昔、ちょっと助けたことがあったんです。そのときに知り合って」

「な、なるほど。冒険者時代の知り合いってことか……」

そういえばヘスティア王女を助けてから、王国から依頼を受けるようになったよな。

ヘスティア王女は俺を、というか、俺の服を見て尋ねてくる。

「ガンマ様は……どうして、帝国軍の制服を着てらっしゃるのですの?」

「あ、俺、黄昏の竜をクビになったんです。で、今は帝国軍で働いています」

「た、黄昏の竜をクビですって⁉」

何をそんな驚いてるんだろうか……?

ぶつぶつ、と王女は何事かをつぶやく。

「……そんな。つまり、じゃあ倒したのは……」

「ヘスティア様?」

「すみませんわ。あの……つかぬことをお伺いしますけど、ガンマ様。もしかして、火山亀を倒したのは……あなた様ですの?」

「あ、はい。あれ？　なんでご存じなのですか？」

「いえ……ちょっと耳に挟んだものでして。そう……そうですの……黄昏の竜を、クビに。それは、いつのことです？」

「ほんとつい数日前ですよ」

「……わかりました。すべて、わかりましたわ」

ヘスティア王女はすっ、と居住まいを正すと、俺に向かって深々と頭を下げる。

え、な、なんで⁉

「ありがとうございますわ、ガンマ様。あなた様のおかげで王都は救われました」

「は、はあ……そんなたいしたことしてないですよ。馬車が王都に近づいたとき、視界に敵が映ったから、倒しただけですし」

「さすがガンマ様の狙撃は素晴らしいですわ。……そして、そんなガンマ様を、あの下郎たちは追い出したと……。自分たちが、誰のおかげでSランクになれたのか知らずに……」

「え？　な、なんですか……？」

「いえ、なんでもありませんわ♡　あなた様には、もう関係のないことですので♡」

「はあ……」

ヘスティア王女はにこりと笑いかけて言う。

「このお礼は、いずれ正式に、国をとおしてさせていただきますわ」

「お、お礼⁉　いや別に俺は何もしてないので……」

「いいえ、きちんとお礼を受け取ってくださいまし。それでは、また」

ヘスティア王女はそう言って、俺のもとを離れてく。去り際、王女はお付きの人に「……ギルド長にコンタクトを。黄昏の竜を呼び出すように伝えなさい」と小声で言っていた。

いや、別にほんと、いらないんだけどな、お礼とか。

そんな風に考えてると、マリク隊長が感心したように言う。

「おまえ、王女と知りあいだったのな。すげえな」

「いや、まあたまたまですよ」

「しかもあの顔、おまえに気があるんじゃあないか？」

「は？　いやいや、ないですって。たかが一般庶民ですよ、俺？」

「でもあれは完全にホの字だったぜ。おっさんにはわかるんだ」

なんだかなぁ……と思っていたそのときだ。

バンッ……！　と会場内の明かりが消え、周囲が真っ暗になる。

「なんだ⁉」「早く明かりを！」

と周りが騒いでいる。

だが俺は……気づいた。会場内のかすかな殺気に。

「ガンマ！」

「わかってます‼」

俺は狩人のスキル【暗視】を使用。

暗いなかでも、昼間のように周囲が明るく見える。

暗視、そして鷹の目を併用して使う。

俺は通信用魔道具を使う。

「オスカー、二時の方向から暗殺者が来る！　アルテミスを護衛しろ！　リフィル先生は九時の方向にアルテミスを連れて逃げてください！」

『心得た！』『了解よ！』

これで不意打ちは防げただろう。

オスカーにアルテミスを任せ、俺は会場内にほかに異常者がいないか確かめる。

「っ！」

「どうした、ガンマ⁉」

「アルテミスは任せます！」

「おい！　ガンマ！」

俺は暗闇のなかを走る。

そう、敵はひとりだけじゃない。

俺はパーティ会場内にあった、食事のお皿を手に取る。

まるでブーメランのように、皿を投擲。

それは狙いどおり……。

「がっ！」

ヘスティア王女を狙っていた暗殺者の顔面に、ぶつかったのだ。

俺はすぐさま彼女に近づく。

「大丈夫ですか、ヘスティア殿下！」

「え、ええ……その声……まさか、ガンマ様？　何があったのですの？」

「暗殺者です。あなたを狙っていました」

「まぁ！」

目が慣れてきたのか、ヘスティア王女が、自分の近くに倒れてる男を見て驚いている。

「ありがとう、ガンマ様。あなたに命を助けていただいたのは、二度目ですね。本当に……感謝しておりますわ」

☆

王都のパーティ会場にて、何者かによる襲撃を受けた。

この国の王女であるヘスティア王女を連れ去ろうとした男は、俺が皿を投げて鎮圧した。

襲撃犯はこいつひとりじゃないだろう。

「まずは状況把握だ」

俺は狩人のスキル暗視、そして鷹の目を発動させる。

パーティ会場内は、未だ暗いままだ。

襲撃犯らしき黒ずくめは、会場内に一〇名。

アルテミスとヘスティア王女を狙ったところから、他国の要人を狙った誘拐が目的だろう。

普段の俺なら問題なくひとりで対処できた。だが……今はまずい。

手元に弓がない状態だ。

これでは魔法矢が使えない。ひとりで一〇人を相手にするのは、骨が折れる……その間に誘拐されたら困るし……。

「ガンマ。気負うな。おれらを頼れ！」

「マリク隊長……」

いつの間にかマリク隊長が、俺の肩の上に乗っている。

「ガンマ、おまえが敵の位置を指示しろ。おれやオスカーを使え」

「でも……」

「ここは元いた場所じゃない。おれたちは部隊《チーム》だ。全員で問題に対処する。それが、仲間ってもんだろ。違うか？」

……そのとおりだ。

俺はまた、同じ過ちを犯すところだった。

ひとりで仕事して、ひとりで背負い込んで、その結果俺は追放されたじゃないか。

……でも、今は違う。隊長の言うとおりだ。

ここでは俺のことをわかってくれる人たちがいる。俺と力を合わせてくれる仲間がいる。

もう、俺はひとりで勝手にやらない。

今度は仲間を頼る。

「わかりました」

「よし。……聞いたかおまえら。暗視スキルを持つガンマが敵の位置を指示する。オスカー、リフィル。おまえらは会場内の制圧にかかれ。メイベル、シャーロット。敵は外にも仲間がいるはずだ。こっちを片付けたらガンマを送る。それまで持ちこたえろ」

『『『了解……！』』』

そうだ、指示出しだって、慣れてる人に任せればいいんだ。

俺は俺の、できる仕事をすればいい。

「ガンマ、わかってるな」

「はい。……オスカー、まずは前方二メートルのとこにいる。そいつをやれ」

オスカーが素早く指示通り動く。

彼も武器が手元にない。だが彼は非常に素早く動き、敵のみぞおちに一撃を入れる。

「リフィル先生。三時の方向から敵が来ます。遠慮なく鎮圧してください」

『りょーかい♡』

先生はそういえばどうやって戦うのだろう。

そう思ってると、彼女は近づいてきた敵に触れる。

くたぁ……と敵がその場に倒れた。

「リフィルは治癒術を応用した戦い方ができる。さっきのは麻酔に使う睡眠の魔法だな」

「なるほど……医術を戦いに転用してるんですね」

「そういうこった。ガンマ、指示に注力しろ。近づくやつらは、おれがやる」

隊長……というか俺に向かって二名、敵が近づいてくる。

マリク隊長に敵の位置を知らせる。

「てめえらにはどでかい花火ぶちこんでやるぜ！」

「隊長、それは……ボール……ですか？」

「ちげえよ、おらぁ！　食らえ、必殺【マリク玉】！」

しゅっ、と隊長が二つのボールを投げる。

それは敵の頭にぶつかると同時に、ぱぁん！　と炸裂した。

小型の爆弾だったみたいだ。

これで二名倒れた。

その後も俺の指示で、部隊のメンバーは残り全員を鎮圧。

そのころになると明かりがともる……。

「なんだ？」「なにがあったんだ？」

ざわめく会場。そこに……アルテミスが声を張る。

「皆様落ち着いてください。どうやら敵がこの会場に忍び込んでいたようです」

彼女の言葉を聞いて、来客たちが戸惑いの表情を浮かべる。

俺たちは捕まえた襲撃犯を縄で捕縛し、アルテミスのもとへと持っていく。

「ご安心ください。彼らは私の優秀な護衛たちが、見事に鎮圧いたしました」

「おお……！」「すごい……！」「さすがアルテミス様の私設部隊だ……！」

惜しみない賞賛を送られる俺たち。

なんだか……気恥ずかしい。

照れてるとオスカー、そしてリフィル先生が近づいてくる。

「ありがとう、兄弟！」

「おかげで助かったわぁ♡　ありがと、ガンマちゃん♡」

「君がいなかったら今頃、暗闇に対応できずやられてたところだったよ！　本当に感謝だ！」

何を言ってるんだろう……。

感謝するのは、俺のほうだ。

俺は……うれしかった。仲間がいるってことを、仲間と連携して戦うことの大切さを、教えてもらった。

と、そのときだ。

『隊長！　援軍をお願いします！』

「メイベルか、どうした？」

『謎のモンスターが会場に入ってこようとしてきてます！　それも、大量に！』

通信魔道具から聞こえてきた、仲間《メイベル》の救難要請。

俺の体は、もう動いていた。

「ガンマ！　行ってこい！　おまえの力がいる！」

「了解です！　メイベル、すぐ行く！」

だっ……と俺は会場の外へと向かって走って行く。

まずは武器の回収だ。ああ、でも今武器はどこに……。

と思いながら入り口へ行くと、

「ガンマ様……！　これを！」

「ヘスティア王女！」

王女が俺に向かって、緑色の弓を投げてきた。

これは俺の相棒、妖精弓エルブンボウだ。

「必要かと思って！」

「ありがとうございます！」

俺は王女にお礼を言って、建物の外へ出る。

屋外に出た俺は、すぐさま【鷹の目】を発動。

外なら、この力の恩恵を一〇〇パーセント受けられる。

鷹の目を発動させると、俺は上空から地上を見下ろす、鳥の視点を得る。

王城の北側では、大量の黒い、人型のモンスターとメイベルたちが交戦中だった。

メイベルは大量の魔導人形《ゴーレム》を使って、黒い敵を殴りたおそうとする。

だが魔導人形《ゴーレム》が攻撃しても、すぐに立ち上がって、また襲いかかってくる。

『どうしようガンマ……相手は不死身なのかな……』

「いや、違う。そいつらは生き物じゃない」

『生き物じゃない⁉　どうしてわかるの？』

「体を見ればわかる。そいつら呼吸してない」

俺の目は狩人の目。見るだけで、獲物のいろんなことがわかる。

筋肉の収縮、視線の向きから、敵の動きを予測する。それは狩人には必須のスキルだ。

その上で、俺がこの黒いやつらを見たところ、生き物じゃないことがわかったわけだ。

『……なるほど。おそらくは影分身スキルでしょう。影を使って、人形を作るスキルです』

シャーロット副隊長が、俺の発言を元に、敵の正体について考察する。

彼女は両手に氷の剣を持って戦っていた。前に言ってた、氷剣とは、あれのことだろう。

『……影の人形を操っている、親玉がいるはずです。ガンマさん、そいつを狙撃してください』

『ガンマ！　お願い！』

言われずとも、俺はわかっていた。

俺の仕事は、皇女の護衛。そして……仲間を守ること。

「了解だ」

すぐさま敵を発見する。

わかる。影の人形のなかに混じってひとりだけ、呼吸をしてるやつがいる。

魔法矢を放つ。遠距離からの狙撃。だが……。

バシュッ……！

『はずした⁉　ガンマ！　矢当たってないよ！』

「わかってる。それは……敵を動かすための矢だ」

バシュッ……！　二発目がピンポイントで、敵の後頭部を強打。

どさ……と倒れる。

『……なるほど。一発目は威嚇射撃。相手が驚いて、逃げるだろうことを予測し、そこに向かって二発目を放っていたと』

「はい。不意打ちはまぐれで避けられる可能性があります。わざと敵を誘導して、逃げ道を用意してあげたほうが、動きが予測しやすく、正確に当てられるんです」

『……お見事でした。素晴らしい狙撃です。やはり、素晴らしい狙撃手です、ガンマさんは』

シャーロット副隊長からの、惜しみない賞賛に、俺は心が温かくなる。

『ありがとー！　ガンマー！　影人形たちも消えたし！　任務完了だね！』

「ああ。チームの勝利ってやつだな」

『うん！　うん！　そうだね！　でもチームにはちゃんと、ガンマも入ってるからね！　ガンマがいなかったらやられてたから、だからガンマのおかげだよ！』

「ああ……ありがとう」

☆

パーティ会場にて、俺たち胡桃隊は、襲撃者を全員捕らえた。

矢による狙撃によって、影人形を操っていた敵を倒した。

俺は城の外にいた、メイベルと、そしてシャーロット副隊長のもとへ駆けつける。

「無事か、ふたりとも？」

「うん、だいじょーぶ！　ガンマが来てくれたおかげだよ！　ありがとー！」

メイベル。俺の旧友にして、この胡桃隊に誘ってくれた恩人。

そう、恩人だ。

俺は彼女に返しきれないほどの恩を感じてる。いつか、この子に返せるといいな。

シャーロット副隊長は、人形を操っていた襲撃者の手足を氷で捕縛していた。

「……何者なのでしょうか、こいつ」

「城のなかの襲撃者の仲間ってのはわかりますが、目的が不明瞭ですよね」

「……拷問して吐かせますかね」

と、そのときだった。

『く、くく……くかか！　くかかかか！』

気を失っていた襲撃者が、突如として笑い出したのだ。

『たかが人間《サル》ごときが、この【魔蟲族《まちゅうぞく》】にたいして、ずいぶんと上からものを言うじゃないか！』

「まちゅうぞく……だと？」

聞いたことのない単語だ。

メイベル、シャーロット副隊長も困惑している。「おまえ……人間じゃないのか」

『ご明察。我らは進化した人類！　その名も……魔蟲族！』

「魔族……とは違うのか？」

魔族。かつて、魔王と呼ばれる恐ろしい存在がこの世にはいた。

高い魔法の力を持つ、恐ろしい一族。だが魔王とその配下の魔族は、怪物と呼ばれる勇者が倒した……と聞いている。

『我ら魔蟲族は、魔族から分岐して進化した……魔族を超越する一族のことよ！』

「そんな……魔族を超える一族だなんて……」

『ふはは！　おののけ人間！』

メイベルがおびえてる。俺はその肩をたたき、安心させる。

「見下してる人間に捕まってる程度のやつが、イキったところで怖くないよ」

『ぐっ……！　黙れ人間！　この我は、本気ではなかったのだ！』

すると……。

しゅう……と襲撃者の体から湯気が立つ。

襲撃者の体がドロドロと溶けていき……。

その下から、黒い外殻を持った、巨大な虫が出現した。

二足歩行する、人間サイズの虫、といったところか。

「人間に擬態でもしてたのか」

『そのとおり。我ら魔蟲族は、人間を食らい、その皮をかぶって人間社会に潜伏してるのよ！』

「ずいぶんとおしゃべりじゃないか。そんな秘密をべらべらしゃべっていいのか？」

『ああ、問題ない。貴様らを殺し、その皮をいただくからなぁ！』

ばきんっ！　とシャーロット副隊長の拘束を解く。

すぐさま副隊長が氷の剣を手にとって、魔蟲族に斬りかかろうとする。

俺は見た。敵の体が少し、膨張するのを。その動きから、次のモーションを予測。

「副隊長！　危ない！」

俺はシャーロット副隊長を突き飛ばし、そのまま倒れる。

びゅっ……！

魔蟲族の口から黄色い液体が射出される。

それはそばにいたメイベルの魔導人形《ゴーレム》に付着すると……。

じゅお……！　と一瞬で蒸発したのだ。

「！　あたしの、硬い魔導人形《ゴーレム》が一瞬で溶解した⁉」

『ちっ……！　勘のいいガキだな。そこの弓使いは』

俺は狩人。職業上、獲物の次の動きを予測する癖がついてる。

また様々な獣を狩ってきた俺は、その獣が、どういう攻撃をしてくるかも、ある程度経験か

ら知っている。

虫というフォルム。そして、体から吐き出そうとしたモーション。そこから、毒を吐くのだと予測したのだ。

「……危ないところでした。感謝します、ガンマさん」

「いや、こちらこそ……押し倒してすみません」

倒れ伏す副隊長に、上から覆い被さるような体勢になっている。

ちょっとエロい格好だが、今は緊急時。俺は敵を間断なく見つめながら、立ち上がって、妖精弓エルブンボウを構える。

「おまえが人間を襲って、人間の皮を食らい、社会に潜伏しようとしてるのはわかった。つまり、敵だ。敵は排除させてもらうぞ」

こっちは三人。

相手はひとりだ。協力すれば勝てる。

『翅《はね》を持たぬ原始人が。我ら進化した魔蟲族に、かなうわけがないだろうが！』

ぶぶっ、とやつの背中から翼……否、翅が広がる。

やつは一瞬で……俺たちの前から消えた。

「ガンマ！　敵が消えたよ！」

「違う、上空に飛んだだけだ」

「そう、なんだ。速すぎて、目で追えなかったよ……」

それはシャーロット副隊長も同じらしい。

二人にあいつの相手は難しいだろう。

今、対処できるのは俺だけだ。やつの動きは、狩人の目にはっきりと映っている。

あの速さに加えて、空を飛ぶやっかいな敵に、対抗できるのは、俺だけ。

「メイベル、魔導人形《ゴーレム》でシャーロット副隊長と自分を守れ。副隊長は、援護をお願いします」

「ガンマ⁉　どうするの⁉」

「俺があの虫を……駆除する」

俺には、今まで大切なものが家族しかいなかった。

でも、そんな視野の狭い俺に、仲間という大切な存在を教えてくれた。

メイベル。副隊長。そして……胡桃隊のみんな。

「俺は、大事な仲間を守る。仲間の命を脅かそうとするやつは……俺が、狩る！」

『大口をたたくな！　しょせんは、翅を持たぬ下等生物だろうが！』

やつが高速でこちらに向かってくる。

かなり速い。だが……。

バシュッ……！

『ぐぁあああああああああ！』

魔法矢を顔面に受けた魔蟲族が、そのままの勢いで地面を転がる。

倒れ伏す魔蟲族の姿に、メイベルと、そしてシャーロット副隊長が驚いている。

「……気づいたら、魔蟲族が地面を転がってました」

「す、すごい……ガンマ、あんな速さの敵に、正確に攻撃を当てるなんて！　すごいよ！」

ぐぐ……と魔蟲族が立ち上がる。

『あ、あ、ありえん！　魔蟲族は特別な翅を持つ！　この翅は光の速さで動くことのできる、優れもの！　だのに！　なぜ貴様は、光の速度で飛ぶ我に攻撃を、しかも矢を当てることができたのだ！』

「簡単な理屈だ。俺が矢を撃つ速度は、光と同じだから」

『そんな馬鹿なことがあるかぁああああああああああ！』

また一瞬で魔蟲族が上空へと飛ぶ。

今度は真正面からの攻撃を避けるようだ。

高い場所から、地上へ向けて、溶解毒を吐き出す。

俺は魔法矢を構えて放つ。

「【星の矢】！」

無数に分裂した光の矢が、毒の雨を打ち落とす。

『馬鹿なぁ！　酸の雨を！　矢で打ち落とすことなど不可能だ！』

「おまえは人間なめすぎだ」

『なっ⁉　いつの間に背後に⁉』

魔蟲族は、気づいていない。

やつが上空へ逃げたとき、俺はシャーロット副隊長に指示を出していた。

氷の足場を作ってくれと。

星の矢による目くらましで、やつの気を引き、その間に副隊長の作った足場から、背後に回ったのだ。

『ふ、ふん！　無駄だぁ！　いいか我ら魔蟲族の外皮は、鋼鉄！　その硬度は神威鉄級《オリハルコン》だ！たかが矢ごときに貫けるものじゃあない！』

「そうか。【鋼の矢《ピアシング・ショット》】！」

鈍色の魔法矢を、俺は魔蟲族の脳天めがけて放つ。

まるで鋼のような、鈍色の矢は……。

魔蟲族の硬い殻をたやすく、貫通した。

『ば……かな……神威鉄級の……外皮を……軽々と……貫くだと……？』

俺の放った鋼の矢は、貫通力に特化した魔法矢だ。

どんな固いものだろうと、まるでプディングのように貫いてみせる。

ひゅう～……と魔蟲族が落ちていく。

俺は副隊長の作った足場の上に着地。

ぐしゃり、と魔蟲族が地面に落下する。

『あり……えん。ありえん……翅の速度に追いつき……外皮をたやすく貫く……など……。貴様……何者だ？』

「ただの、狩人だよ」

『貴様のような、狩人が……人間界にいるとは……魔蟲王様《まちゆうおう》に、報告せねば……我らの天敵が……いると……』

☆

パーティでの襲撃事件から、一夜明けた。

俺と隊長、そして皇女アルテミスは、ゲータ・ニィガ王国の国王に呼び出されていた。

ここは来賓室。

正面にはゲータ・ニィガ王と、そして第一王女へスティア様がいた。

国王がまず口火を切ってくる。

「アルテミス殿、このたびは貴国に多大なるご迷惑をおかけした。深く……お詫び申すと同時に、最大の感謝を」

「かまいません。我々はただ、降りかかる火の粉を払っただけに過ぎません。それに感謝は私や帝国にではなく、どうか、奮闘してくださった胡桃隊の皆さんに」

アルテミス、というか帝国は徹底した実力主義なところがある。

何か問題があって、それを対処した本人に、賛辞が送られるべき。

そういう考え方なのだそうだ。……ほんと、いいチームだな。

「胡桃隊の……ええと、貴殿が隊長であられるか？」

「ああ。マリク・ウォールナットてぇ言います。以後よろしくをば」

「！　ウォールナット……本当に貴殿は、ウォールナットという姓なのか？　いや……でも……まさか……」

王様がぶつぶつと何かをつぶやいている。

隊長のことを知ってるんだろうか。

「ま、過去は詮索しないでくださいや。とりあえず状況の説明といきやしょう。ガンマ、おまえが見たことを、王国側にもわかりやすく、説明しろ」

「了解です、隊長」

一連の襲撃事件の流れを、俺は王国側に伝える。

会場にいた人たちは、王国側も含めて、何が起きたのか理解しないだろう。

最も事情を知っているのは、対処に当たった胡桃隊。とりわけ、全体を見ていた俺に当たる。

だから、俺が説明するように。

と、隊長から言われていたのだ。

「まず襲撃犯ですが……人間じゃありませんでした。魔蟲族を名乗る、魔族の進化形、と自分たちを称してました」

「魔族の進化形……そんな……勇者さまが魔王も魔族も滅ぼしたはずなのに……」

ヘスティア王女は驚き、衝撃を受けているようだった。

そういえば、かつて存在した化け物級に強いという勇者は、王国出身の若者だったらしいな。

自国の勇者がぽかやったとは、思えない、いや、思いたくないのだろう。

「会場内に来た敵はリーダーの魔蟲族のほかに一〇名。やつを含めて全員が死にました」

「なに？　死んだ？　どういうことじゃ？」

「陛下。言葉通りの意味です。リーダーの魔蟲族は、俺が殺しました。尋問のため生かそうとしましたが、相手は未知の敵だったため、手加減できませんでした」

そのほか、魔蟲族が連れてきた部下らしき者どもは、全員人間だった。

どこぞの野盗が、操られているようだった。

つまり魔蟲族はひとりだけで、あとはやつに操られた人形だったわけだ。

「魔蟲族については結局わからずじまいか……何者なのじゃ、やつらは」

「それについてですが、思い当たる節はひとつ、ありやすぜ」

「なにっ？　本当か、ウォールナット殿！」

「ああ……だが、教えるわけにはいかねえですわ」

「なんじゃと⁉　どういうことじゃ！」

隊長、そしてアルテミスもまた、甚く真剣な表情をしていた。

茶化してるわけじゃない。

「悪いが、そいつは帝国の持つトップシークレットの情報だ。おいそれと王国に手渡せねえですわ。あんたらとおれらは、別の国。今は一時休戦中ですが、かつてはバチバチ戦争やっていた間柄。教えるわけにゃあ、いかないな」

確かに情報は武器だ。

アルテミスも言いたくないということは、本当にすごい秘密なのだろう。

相手国に、教えたくないという気持ちは理解できる。

けど……。

「なんだガンマ。納得いってない、って顔だな」

「ええ、まあ……そんなイジワルしなくてもいいじゃないですか」

「まあそうだな。ガンマ、おまえまだ帝国に来て間もなかったろう？　教えてやるよ、魔蟲《まちゅう》についてな」

「まちゅう……？」

はっ、と国王も王女も、何かに気づいたような表情になる。

俺も、わかった。

「これはガンマに向かって説明するんだぜ？　帝国のトップシークレット、帝国軍所属となったおまえだから言うんだ。まあ、もっとも、近くで聞いてるやつがいるなら、しゃーねーがな」

「隊長……」

アルテミスは、疲れたようにため息をついていた。だが何も言わなかった。

多分、見過ごすということだろう。

「前に説明したな。おれら胡桃隊には、三つの仕事があると」

「はい。皇女からの依頼、国民からの依頼。あと……害虫駆除だと」

「ああ、そうだ。その害虫ってのが問題だ。おれたち帝国の近くに、【妖精郷《アルフヘイム》】って森がある」

「あるふ、へいむ……」

聞いたことのない名前だ。

「詳細は省くが、そこは帝国の領地内にある、特別な大森林だ。で、そこの空気を吸って育った、巨大蟲。それを魔蟲って言う」

「帝国内に、そんな場所と、化け物が……」

「ああ。やつらは特別な翅を持つ。そして、鋼鉄の外皮を持ってる。通常の装備じゃあまったく歯が立たない。銃の開発は、空を飛ぶやつら化け物を倒すためだったと言えるな」

空の敵と戦うのなら、銃は有用だ。

隊員のオスカーも言っていたが、ある程度練習すれば、簡単に、離れた敵を倒せる。

魔蟲をやっつけるための武器、それが……銃だったわけか。

「けれど銃だけじゃ魔蟲は対処できない。そこでおれら胡桃《くるみ》隊の出番だ」

「なるほど……じゃあ、俺らの真の任務は、その魔蟲の討伐なんですね」

「そうだ。魔蟲の駆除。その掃討。それが胡桃《くるみ》隊の目的だ」

魔蟲と、魔蟲族。そして……最後に言っていた、魔蟲王。

「おそらくは、魔蟲、魔蟲どもの上位種だろう。魔蟲王……魔蟲族の王、だろうな」

「そんなやつらが……」

魔蟲族は、かなりやばい相手だった。

手を抜いたら狩られる、という緊迫感がひしひしと伝わってきた。

そんな危険な任務を、胡桃隊のみんなは、任されてたのか……。

「ガンマ。選んでいいぜ」

「え？　選ぶ……？　なにを、ですか？」

マリク隊長は、真剣な表情で俺に言う。

「ここに残っても、いいんだぜ」

「！　ぜひ！　我々王国は、あなたを歓迎いたしますわ！」

「姫さんがそう言ってるんだ。ガンマ、おまえは残っていい。おまえは魔蟲について知らずに、胡桃隊に入った。危険な仕事だ。命を落とすかもしれない。ここなら……今回の功績で、おまえはある程度の地位を得られるだろう」

「もちろんですわ！　あなた様は英雄です！　望まれるのでしたら、貴族の地位もご用意いたします！」

王様そっちのけで、ヘスティア王女がぐいぐい来る。

「わたくしたちはガンマ・スナイプ様、王都を二度もお救いになられた、真の英雄様を、迎え入れたく存じます！　どうか、王国に……戻ってきてくださりませんかっ！　お願いします、どうか……！　望むのなら……わたくしの身も心も捧げますゆえ！」

あ、圧がすごい……。

そこまでして、俺がほしいってことか。

はは……なんか、おかしな話だ。

元いたパーティを抜けた途端、いい話が次から次へとやってくる。

さて……。

俺は、これからどうしよう。

「………」

マリク隊長を見た。彼は腕を組んで黙っている。

俺に、判断を委ねる。そう、彼は無言で語っているようだった。

パーティを追われてからの日々。

それを振り返ってみたら……自然と、結論が出た。

「ヘスティア様。申し出は、大変ありがたいです」

「なら……！」

「ですが……ごめんなさい。王国には、戻りません」

「そんな……！　どうして⁉　何が気に食わないのですの！　あなた様が望むのでしたら、あ・・・いつらは……」

「いや、何が気に食わないとか、そういう話じゃ、ないんです」

俺は、思っていることを口にする。

「俺……胡桃隊のみんなが、好きなんです」

「…………」

「短い時間でしたけど、俺はみんなと過ごして……楽しいって、思ったんです。この人たちと仕事したい、この人たちのために……力を使いたい。そう思ったんです」

「…………」

「だから、すみません。王国には戻りません。俺は帝国軍人としての、責務を全うしたいです。

仲間とともに、誰が敵として、俺の道を阻もうとも。俺の目と腕、血と肉と、そして何より心臓は……帝国の……ううん、隊のみんなに捧げるつもりです」

黙って聞いていたマリク隊長が、ふっ……と笑った。

すちゃ、とサングラスを指で押しあげて、俺を見上げる。

「馬鹿野郎。せっかく貴族になるチャンスをふいにしてまで、危険な仕事につくたぁ……。変わりもんだな、おめぇよぉ」

「ええ。だって……胡桃隊の連中は、変わったやつらばっかり、なんでしょ？」

「へっ！　だとよ、おめえら」

隊長が背後を見やる。俺も、気づいていた。

扉を開けると、どどっ……！　と胡桃隊のみんなが入ってくる。

「メイベル……それにおまえら……盗み聞きすんなよ」

「ば、ばれてたんだね、あはは、さすが狩人のガンマ。耳もいいんだね」

メイベルに手を差し伸べる。

彼女は手を握って、立ち上がる。

メイベルやオスカーならわかるけど、リフィル先生や、それにシャーロット副隊長までも、外で聞いていたなんて。

「ま、それだけおめえ、みんなから好かれてるってことよ」

肩に乗っているマリク隊長が、にっと笑う。

俺もまた……笑っていた。

そうだ。……この人たちと、戦う。戦いたいんだ。これは、俺の意思だ。

「すみません、ヘスティア様。これで失礼します」

「まっ、待ってくださいまし……！　ガンマ様……！　待って……！　待ってぇ……！」

悪いと思いながら、きびすを返してみんなと出て行く。

最後にアルテミス様が、ヘスティア様に何かを言っていた。

彼女が目をむいて、がくり……とうなずき、父である国王からなぐさめられていた。

もう迷わない。仲間とともに前に進んでいく。

3章

王都での騒動を終えて、翌日の早朝。
俺は帝国軍の施設、教練室《トレーニングルーム》に来ていた。
改めて俺は、この組織、そしてこの部隊でやってくことにした。
とはいえ、俺はまだまだ下っ端の身。
仲間たち以外……組織の人たちからはまだ認められていない状態だ。
だから、俺は少しでも認めてもらうため、毎日朝の掃除をしている。
今日も教練室の床の、トンボがけをしていた。
T字の木の板を使って、地面をならしていく。
そんな風にガリガリとかきながら、俺は昨日のことを思い出していた。
『ガンマ。明日は皇帝陛下に謁見に行くぞ』
『陛下への謁見……ですか？　隊長』
王都へ帰る馬車のなか、俺たちの部隊の隊長、マリクさんがそう言ってきたのだ。
『ああ。魔蟲族の件の報告だ。明日の朝礼の後、俺と一緒に陛下のもとへ行く』
『わかりました。俺、皇帝陛下って会ったことないんですけど、どういう人ですか？』

『会えばわかる。偏見を植え付けたくないから、おれからは発言を控えておくよ』

とのこと。

皇帝陛下、かあ……いったいどんな人だろうか。やっぱり、しわくちゃのおじいさんだろうか。

それとも、鋭い眼光をした、切れ長の目の、いかにもインテリっぽい見た目とか？

と、そのときだ。

人が、近づいてくる気配を覚えた。

俺は入り口のほうを見やる。

「おや？ 気配は消していたつもりなのだけどね」

そこには、白髪に近い銀髪をした、青年が立っていた。

髪の毛を胸のあたりまで伸ばしており、シャツにスラックスというラフな格好。

城のなかを、こんな朝っぱらから徘徊してるってことは……。

帝国軍の人だろうか。

「おはようございます。俺は……」

「胡桃隊のガンマ君だろう？ 知っているよ」

「どうして？」

「君は有名だからね」

すたすた、と彼が俺のもとへと近づいてくる。

「朝から掃除とは感心だね」

「恐縮であります」

「そんな肩肘張らなくていい。私は身内だからね」

ああ、やっぱり帝国軍の人か。

階級と、部隊はどこだろうか？

「私はアンチ。君の噂は聞いてるよ。期待の新人だとね」

「そんな……俺なんてまだまだです」

「そういう割に、私の気配にいち早く気づいたじゃあないか。こちらは完全に気配を消していたのだけどね」

ふむ、とアンチさんは何かを考えて、にっと笑う。

「君、少し手合わせ願えないかね？」

「手合わせ……ですか？」

「ああ。気になっていたんだ。マリクが信頼をおく新人が、どれくらいやれるかを、ね」

隊長を呼び捨て……？

ということは、隊員じゃなくて、別の部隊の隊長級ってことか。

た、ため口とか聞かなくてよかった……。

さて、手合わせか。

上官の命令とあらば、断るわけにはいかないな。

それに俺も、よその隊の実力を知っておきたいし。

「こちらこそ、お願いします」

「よし。じゃあやろうか。君の得物は弓だったね」

相棒の妖精弓エルブンボウは、部屋においてきている。

掃除には必要ないからな。

教練室の端っこに、模擬戦用の武器がいくつかおいてあった。

俺は訓練用の、木製の弓と矢を手に取る。

鏃はゴムでできた、ゴム矢だ。

一方、アンチさんはそれを手に取る。

「長槍……ですか」

「ああ。さて、時間もあまりない。一戦、やろうか」

俺とアンチさんは、距離を取って構える。

……ぴりっ、と肌がひりついた。

「……できる」

この人、かなりやる。俺は狩人だ。

たくさんの獣を狩ってきた。
その経験から、肌で、敵の獣がどれくらいやれるやつか、大体わかる。
狩人の経験が、こう言ってる。
敵はかなりのやり手だと。
俺もまた警戒を強めた。
気を抜けば一瞬で、こちらが狩られる。
「ふ……では行くよ。シッ……！」
アンチさんが距離を詰めてくる。
速い。
多分、魔法か何かで体を強化している。
だが……俺の、狩人の目には、相手がいかに速く動こうと関係ない。
敵の視線、筋肉の動き、そのほか諸々から敵の動きを完全に把握できる。
弓を持つ左腕を狙った刺突だ。
俺は右に向かってジャンプ。
立っていた場所に彼の槍が突っ込んでくる。
がら空きの左側面めがけて、俺はゴム矢を打ち込む。
「甘い……！」

アンチさんは体をねじって俺の矢を避ける。

あのスピードでつっこんできて、敵からの攻撃を回避するなんて……。

すごい……これが、帝国軍の、隊長級の動きか。

アンチさんはそのまま通りすぎる。

俺はすぐさま追撃。後ろから矢を二連射。

彼は立ち止まり、槍を振り回して、飛矢を払う。

そして……。

槍の向きを変えて、背後にいる俺めがけて、こちらを振り向きもせず槍を突き刺してきた。

俺はバックステップでそれをかわす。

距離を取ったところで、アンチさんが笑う。

「ははっ！　すごいじゃないか！　まさかあの高速で精密な二連射は、目くらましとはね」

放たれた矢に、アンチさんの目が行ってるその隙を突いて、俺は高速で背後に回っていたのだ。

だがこの人は、俺が移動したと気づいた瞬間、背後に向かって攻撃を繰り出してきたのだ。

「どうして、背後にいるって気づいたんですか？」

「勘かな。私も若いころは、数多の戦場を駆けてきたものだからね」

「若いころ……？　今も十分若いと思いますけど」

「ははっ！　ありがとう！」

どう見ても二〇代くらいにしか見えないのにね。

「さて……そろそろいいかな。体も温まってきた頃合いだ。本気で……行かせてもらおう」

ごぉお！　と彼の体から、銀色の何かが吹き出る。

その正体はわからない。身体強化術の一種だとは、思う。

アンチさんがそれを使った途端、肌をひりつく感覚が強くなった。

魔蟲族と戦ったときに近い。

やはり……この人はできる……。

「さぁ……君の強さを見せてくれ、ルーキー！　でやぁあああああああ！」

アンチさんは光の速度で俺に向かって、突っ込んでくる。

地面をえぐりながら、空気を引き裂く強烈な刺突。

俺は弓を引いている。だが俺が矢を放つより先に、アンチさんの槍が肩に突き刺さる。

「！　これは……がっ！」

アンチさんがその場に倒れる。

彼の槍の先は、確かに俺の肩を貫いている。

だが……俺の体はスゥ……と透明になり、やがて消えた。

「囮《デコイ》……？」

「正解です」

アンチさんの真後ろに、俺は立っている。

「【案山子の矢《ダミー・ショット》】。魔力で囮を作り出して、敵の目を欺く魔法矢です」

アンチさんは正面から突っ込んできた。

俺は真正面に、俺とそっくりの人形を作り出す。

あとは狩人の持つスキル【潜伏】を使って視界から消え、後ろに回り込む。

で、がら空きの後頭部に、後ろから狙撃したってわけだ。

「やられたよ。模擬戦、ゴム矢しか使わないっていう先入観をもたせておいて、サポート用の魔法矢を使うなんてね。見事だよ、ガンマ君」

むくりとアンチさんが立ち上がって苦笑する。

「すごいよ。君、さすが期待のルーキーだ」

「いや……あなたもすごいですよ。後頭部に、ゴム矢をもろに受けてピンピンしてるんですから」

脳しんとうを起こして、しばらく気絶してもおかしくないだろうに。

この人……相当体を鍛えている。

「さすが、隊長級は鍛え方も違いますね」

「ん？　いや、私は隊長ではないよ？」

「え？　じゃ、じゃあ……あなたは何者……？」

と、そのときだ。

「おう、ガンマ朝から早いじゃあねえか」

「おはようございます、ガンマ」

「隊長、それに、アルテミスも」

アルテミス第八皇女と、マリク隊長が一緒に、こちらに向かってやってくる。

隊長はアルテミスの肩の上に乗っていた。

「おまえ起こしに寮に行ったらいねえから、寮母さんに場所聞いてここに来たんだが……」

マリク隊長は俺……じゃなくて、隣にいるアンチさんを見て口を開く。

「お、おはようございます‼」

急に隊長がアルテミスから降りて、ばっ！　と直角に頭を下げる。

ゲータ・ニィガ王にたいしても、不敵な態度を崩さなかったマリク隊長が……。

なんか、礼儀正しい？

え、誰にたいして？　俺じゃないってことは……。

「ああ、うん。おはようマリク。そう朝からかしこまらなくていい」

「いえ！　すみません！」

隊長のこの態度……。

もしかして、隊長級じゃない。もっと偉い人？　幹部とか……？

「おはようございますわ、お父様」

一方でアルテミスはごく自然な調子で、アンチさんに向かって微笑む。

……お、おとう、さま？

皇女の、父……つまり……。

「え、こ、皇帝陛下ぁ⁉」

「おや、気づいてなかったのかね、ガンマ君？」

苦笑してるアンチさん……じゃない。

この人……皇帝陛下だ！

「改めて名乗ろう。私はアンチ＝ディ＝マデューカス。マデューカス帝国の現皇帝である」

……なんてことだ。現皇帝だったとは。

「すみませんでした、皇帝陛下とも知らずに、ご無礼を！」

「はっはっは！　気にするな。間違いは誰にでもある」

「けど、俺はそうと知らず、後頭部に矢をぶち込んじゃいましたし……」

「それも気にすることじゃない。模擬戦だったのだ。手を抜かれても困る」

というか、皇帝だったんなら、最初からそう言ってくれ……。

いや、名前知らなかった俺も悪いけどさ……！

「だますような真似をして悪かったね。私が皇帝だと知ったら、遠慮してしまうだろう？　私は君の一〇〇パーセントの実力が知りたかったんだ」

「な、なるほど……だから素性を伏せてたんですね」

「そういうことだ。ふっ……本当に素晴らしい狙撃手だな。私は君が、大変気に入ったよ」

皇帝が屈託なく笑う。

マリク隊長は唖然としながら言う。

「おまえ……すげえな。就任即、皇帝に認められるなんて……」

「さすがガンマ！　私の頼れるナイトですね！」

アルテミスが笑顔でそう言った。

かくして、俺は軍の最高司令官にして、現皇帝アンチ陛下から、はからずとも気に入られることになったのだった。

☆

朝の模擬戦の後、俺とマリク隊長は、皇帝陛下の謁見の間に呼び出されていた。

広いホールの玉座に座るのは、白髪に近い銀髪の男性。

アンチ＝ディ＝マデューカス。

この国のトップにして、帝国軍の総帥を務める男。

「すみませんでした、陛下……うちの隊員が、大変ご迷惑をおかけして……」

見た目が完全にリスのマリク隊長が、深々と頭を下げる。

だが皇帝は気にした様子もなく、笑いながら答える。

「迷惑なんてとんでもない。私が彼の力を知りたくてやったことだ。ガンマ君は本当にいい腕をしてる、最高の人材をスカウトしてくれたね。ありがとう、マリク」

「はっ……！　もったいないお言葉！」

皇帝は俺を見て微笑んでいる。

なんか、見た目普通の、優しいお兄さんって感じなんだよな……。

でもアルテミスの父親ってことは、歳は結構いってるはずだろうし……。何歳なんだろうか。

「さて、今日呼んだのはほかでもない。ガンマ君、君が王都で出会った魔蟲族について、報告してくれないか？」

「わかりました。魔蟲族ですが……」

俺は王都で行なったのと同じ報告を、皇帝にする。

人間大の虫で、光の速さで飛ぶ翅、神威鉄の外皮、そして莫大な量の魔力を持つ敵。

「なるほど……そんなすごい敵を単独で撃破したのかい。すごいじゃないか」

「あ、ありがとうございます！」

まさか皇帝陛下からもほめられるとは思っていなかった……！

優しい人だなぁ……。

「魔蟲族については、【錦木《にしきぎ》】隊からも実は報告がちらほら来てる」

「にしきぎ隊……とは？」

「帝国軍の諜報・調査部隊のことだ。我が軍は部隊ごとに、隊の目的、つまりコンセプトが設定されている。たとえば胡桃隊がアルテミス直属の私設部隊兼、魔蟲討伐部隊であるように」

「なるほど……部隊ごとのカラーがあるんですね」

「そのとおり。ほかにも海洋輸送隊の【水木《みずき》隊】、山岳部隊の【蕗《ふき》隊】、科学分析部隊の【蜜柑《みかん》】隊などがある」

いろいろあるんだな……多すぎて全部は覚え切れん。

皇帝は真面目な顔で俺に言う。

「錦木隊の報告によると妖精郷のなかで、人型の敵影がこのところ観測されるようになったらしい。それが魔蟲族だったのだろう」

「妖精郷って、帝国の近郊にあるっていう、森のことですよね？」

「そう。妖精郷は文字通り、妖精の住む森だ。年中、超高濃度の魔素《マナ》に包まれており、何の装備もなく森に入ったものは、一〇分もたたずに死ぬ、危険な場所だ」

「魔素というのは……？」

「魔力の源となる元素のことだよ」

皇帝は、たかが一兵士の俺の質問に、とても丁寧に答えてくれる。

本当に優しい人だな。

「そんな危険な場所、どうして帝国はほっとくんですか？」

「簡単さ。あそこは資源の宝庫だからだよ」

「資源の……宝庫……」

「そう。妖精郷は危険な場所だ。人外魔境《スタンピード》、奈落の森《アビス・ウッド》、七獄《セブンス・フォール》とともに、世界四大秘境と呼ばれている。だが……危険な場所にはお宝があると昔から相場が決まってる」

「妖精郷が、お宝の山ってことですか？」

「その通り。新造国である帝国の急速な発展は、妖精郷でとれる豊富な資源があってこそ、だ」

だから、危ないとわかっていて、あの森を燃やすなどしないわけだ。

マリク隊長はうなり声を上げる。

「今まで魔蟲族なんて影も形も見せなかった輩が、なにゆえ今になって姿を現したんでしょうかね？」

「それはわからない。錦木隊、蜜柑隊の二隊には、最優先で調査・分析してもらってるけど、未だに発生原因は把握し切れていないんだ」

敵の目的も、発生原因も、不明。

そんな敵と俺たち胡桃隊は、戦っていかないといけないのか……。

大変な仕事だ。

でも……責任から逃げるようなことは、しない。

決めたんだ。胡桃隊のみんなとともに、戦うんだと。

俺の心をまるで読んだかのように、ふっ……とアンチ皇帝が微笑む。

「断固たる決意を秘めた、きれいな目をしてる。君のような隊員が入ってくれたこと、私は心から喜ばしく思うよ」

皇帝から、またもほめられてしまった。

この人、皇族なのに、他人をすごいほめてくれる。

偉い人なのに、すごいな……。

皇帝陛下はそばに控えていた大臣に目配せする。

大臣が近づいてきて、俺に何かを渡してきた。

「黒い箱？」

「開けたまえ」

「はい……バッジ、ですか？」

「帝国軍の階級章だよ」

そういえば軍人は階級が分かれてるって言っていた。

一番下がCで、そこからB、Aと、実力順に上に上がっていくと。

オスカーはAの上、S級隊員って言っていたな。

階級章には……SSの文字が。

「陛下？　間違ってないですか？　なんか、Sが二つ入ってるんですけど……」

「なっ⁉　ガンマ！　それまじか⁉」

マリク隊長が素早く俺の肩に乗ってきて、階級章を見やる。

「へ、陛下……！　ガンマをSS級隊員にするってことですか⁉」

「SS級……？」

「軍にたったふたりしかいない、規格外の隊員だ！」

「なっ……⁉　た、たったふたり……⁉」

皇帝が神妙な顔つきでうなずく。

「ガンマ君は単独で魔蟲族を撃破するほどに強い。直接その強さも測ってみた。合格だ。彼は三人目の、【SS級隊員】とする」

「それって……すごいこと、なんですよね？」

「ああ。我が帝国軍は知っての通り、大規模な軍隊だ。階級が上に行けば行くほど、その人数は少ない。最高位のS級ですら二十五名だ」

ちなみに後で知ったんだけど、胡桃隊の全員が、S級隊員らしい。

「俺が……ＳＳ隊員で、本当にいいんですか？」

「もちろん。君は本当に強い。この軍隊のなかで、遠距離での戦いで君に勝てるものは誰ひとりとしていないだろう。だからＳＳ級とした」

「ありがとう……ございます……」

身に余る光栄だ。

俺が、最強の一角に入れてもらえるなんて。

「ガンマ君、君に二つ名を、私から授けよう。いわゆる別称だね。君には【弓聖《きゅうせい》】をあげよう」

「きゅうせい……」

「ああ。ほかのＳＳ級隊員に、【剣聖】、【槍聖《そうせい》】がいる。いずれ彼らとも相まみえることもあるだろう。そのときは仲良くしてあげてくれ」

剣に、槍。

俺のほかの……ＳＳ級隊員、か。

ん？　あれ……？

「あの、ＳＳ級隊員たちは、魔蟲討伐に参加しないのですか？」

魔蟲の駆除は胡桃隊の仕事と言っていた。

でもＳＳ級隊員で固められてる胡桃隊よりＳＳ級隊員の二人は強い、はず。

なら彼らも戦いに参加したほうが、もっと多くの魔蟲を倒せるのではないだろうか。

「いい質問だ。彼らは参加しない。なぜなら……彼らが規格外だから」

「規格外……」

「簡単に言えば、彼らはあまり軍の言うことを聞いてくれないのだよ。超人的な強さを持つけれど、協調性に欠け、軍隊に組み込むことができない規格外品。それが剣聖と槍聖なんだ」

強いけど、コントロール不能なやつらなのか……。

ならワンランク落ちるけど、部隊として戦うことのできる、S級部隊の胡桃《くるみ》隊に、魔蟲退治を任せようってことだろう。

「ガンマ君。君は規格外の強さを持ちながら、組織人として動いていける。協調性のあるSS級隊員は、唯一君だけだ。期待してるよ、弓聖ガンマ・スナイプ」

ここまで……陛下は俺のことを、期待してくれていたのか……！

「ありがとうございます！　俺……頑張ります！」

と、そのときだった。

「伝令！　伝令！　魔蟲が出現いたしました！」

謁見の間に兵士が慌てて入ってくる。

魔蟲……さっそく、俺らの出番か。

「行くぞ、ガンマ」

「はい、隊長！」

俺とマリク隊長は、そろって皇帝に頭を下げ、きびすを返す。

皇帝が俺にかけてくれた期待に、応えたい。

その気持ちが俺の心を満たし、今日は今まで以上にやる気に満ちていた。

「ガンマ、気負いすぎなくていいからな。おまえはひとりじゃない。魔蟲の駆除はおれたち胡桃隊の仕事だからな」

「はい！　わかってます……！」

「よっしゃ！　じゃあいっちょ、害虫駆除といきますかぁ！」

俺たちは仲間と合流し、帝都の外へと向かうのだった。

☆

ガンマが胡桃隊のメンバーたちとともに、魔蟲討伐へ向かう一方。

謁見の間にて、皇帝アンチ＝ディ＝マデューカスのもとに、ふたりの女軍人が現れた。

黒い鎧に身を包んだ女剣士と、白衣の女。

「アイリス君、それにリヒター君、呼び立ててすまないね」

「……陛下のご命令とあらば、いずこにいてもすぐさま馳せ参じます」

黒い鎧の女剣士……アイリスが、深々と皇帝に頭を下げる。

一方で、白衣を着たひょろ長い女が、にまにま笑いながら言う。

「ひっひ……！　さっきのが史上三人目にして最年少の、ＳＳ隊員ですかぁ……！」

「その通りだ、リヒター。分析で忙しいのに、悪かったね」

「いえいえ！　ひっひ……！　魔蟲族ぶったおしたってぇ男にボク個人ひっじょ〜〜〜に興味がありましてねぇ！」

リヒターと呼ばれた白衣の女の態度に、アイリスが不快そうに顔をしかめる。

「……陛下の御前であるぞ。なんだその態度は、リヒター！」

「おー、こわこわ。錦木隊は諜報部隊のくせに、隊長が血の気が多すぎて怖いですねぇ〜」

「……やかましい。斬るぞ」

アンチはそんなふたりに微笑みかけている。

「錦木隊隊長アイリス・アッカーマン君。それに、蜜柑隊隊長リヒター・ジョカリ君」

皇帝に呼ばれ、それぞれの隊長が、居住まいを正す。

「今日君らを呼んだのは他でもない。新しくＳＳ級隊員となった、ガンマ・スナイプ君の紹介をしよう、と思っていたところだ」

「ひっひ！　行き違いになっちゃいましたねぇ〜。生で検体を採取したかったんですけどねぇ」

ガンマたちは、突如出現した魔蟲の討伐に向かっている。

本当だったら今日、ガンマとこの二人の隊長とを引き合わせる予定だったのだ。

「機会を改めることにしよう。わざわざ出向いてくれたのに、悪かったね」

リヒターは気にした様子もなく、ひらひらと手を振る。だがアイリスの表情は険しい。

何か言いたげな、不満そうな顔を浮かべている。

皇帝はそんな彼女の内心を察したのか、目で発言を促してきた。

アイリスはうなずいてから、手を上げて発言する。

「陛下。私は反対です。彼奴を、ＳＳ級隊員にするのは」

女剣士アイリスからは、明確な敵意のオーラを感じさせた。

反対意見が部下から出たというのに、アンチ皇帝は不快感をあらわにすることはない。

一方リヒターはアイリスを見てニヤニヤと意地の悪い笑みを浮かべながら言う。

「おやおやアイリス隊長ぉ。それってもしかしてぇ、嫉妬ですかぁ？」

「……なに？」

「自分にないものを、ガンマ少年が全部持ってますもんねぇ。なりたくてもなれなかったＳＳ級隊員。胡桃隊のメンバーになること。そして妹さんと同じ部隊に入れなかったのが……」

ひゅっ……！

「……口を慎めリヒター。今ここで首と胴とを泣き別れにして、二度としゃべれなくしてもいいんだぞ？」

アイリスの手にはいつの間にか、黒いナイフが握られていた。

武器を取り出したそぶりはまったくない。

ほとばしる殺気と、謎の刃による攻撃を目の当たりにして、しかし、リヒターはひょうひょうとした態度を崩さない。

「おーこわこわ、アイリス隊長。冗談ですよぉ、じょーだん。やだなぁ〜。冗談が通じない女はモテませんよぉ？　あ、だから行き遅れてるんですねぇ！」

「……斬る！」

皇帝は苦笑すると、ぱんぱんと手を鳴らす。

ふたりが争うのをやめる。

「アイリス。君は優秀な隊員だ。個人的な感情で、彼を嫌ってるわけではない。そうだね？」

「…………無論です」

答えるまでの間から、アイリスが反対意見を出したのが、個人的な因縁から来るものであることがわかった。

アイリス・アッカーマン。

メイベルと、同じ名字。つまるところ、リヒターの指摘通りであった。

「リヒター君はどう思う？　ガンマ君のことを」

「ボクぁ……ちょー評価しますぜ陛下ぁ！　なにせ魔蟲族の外皮を、彼は魔法矢で打ち抜いた！　これはとんでもないことですよ！」

リヒターは白衣のポケットから、黒い色の硬そうな塊を手に取る。

「これは魔蟲から採取した外皮です。一方で……はい、アイリス隊長。これ使って」

「……なんだこれは？　ナイフか」

「そ。神威鉄製のナイフ。それでこれを斬って……」

リヒターが言い終わる前に、彼女めがけて、アイリスがナイフを振る。

ばきぃん！　という音とともに、ナイフが粉々に砕け散った。

「ひっひ……！　おいおいおいおいアイリス隊長ぉ……ボクごとたたき切るつもりだったでしょぉ～？　やだなぁ、同族殺しは軍法会議ものですよぉ？」

「……うるさい。神威鉄のナイフで切れない。おかしい、魔蟲の外皮は神威鉄製《オリハルコン》じゃなかったのか？」

「それは古いデータですよぉ。近年の魔蟲の外皮は、年々硬くなっていってるんですぅ。平たく言えば進化してるんですよぉ」

「進化……」

もしも外皮が神威鉄でできてるなら、同じ素材のナイフが砕け散るわけがない。

外皮は傷ひとつついていないことから、硬度はこちらのほうが上ということ。

「おそらくですがぁ、魔蟲族の外皮は神威鉄を超える硬さを持っております。ひひっ……！

図らずも証明されてしまいましたが、通常の人間では、魔蟲族の外皮には傷一つつけられませぇん」

「………」

「それを彼は魔法矢で貫いて見せた！　これがどれだけ異常なことかおわかりですかぁ、アイリス隊長ぉ？」

「………」

憎々しげに顔をしかめるアイリス。それを見てさらに楽しそうにしてリヒターが笑って答える。

「あなたより彼のほうが強いってことですよぉ！　ひひっ！」

「……うるさい！」

ぶんっ、とアイリスが剣を振るう。

ひょいっとリヒターは回避してみせた。

「ボクが察するにですね、彼……ガンマ・スナイプ君には、何か秘密があると思いますよぉ」

「秘密？」

「ええ、彼が隠してる、ってゆーよりは、彼が知らない彼自身の特異性ってものがあると思うんです」

リヒターの発言を聞いて、なるほどと納得したように皇帝がうなずく。

「君もそう思うか。私もだ。剣聖、槍聖と同じく、彼もまた英雄の素質を持つ、特別な人間だと私は直感している」

皇帝にほめられたことが気に食わなかったのか、アイリスがギリ……と歯がみする。

そんな些細な変化にすぐに気づいて、皇帝がフォローを入れる。

「無論、アイリス君、それにリヒター君、君たちもそれぞれオンリーワンだ。優れた暗殺剣の使い手、錦木隊隊長のアイリス・アッカーマン。優れた頭脳を持つ帝国軍開発室室長兼、蜜柑隊隊長のリヒター・ジョカリ」

にこりと笑って、二人に言う。

「君たちも帝国の宝だ。それぞれが持つ才能の輝きを、それぞれの舞台で、存分に発揮してくれたまえ」

「はーい」

「…………」

アイリスは一礼して、その場を後にする。

部屋にはリヒターと皇帝だけが残された。

「ひっひ！　どうやらそーとー、お冠のようですねぇ。ガンマ君に嫉妬しまくり」

「しかたない。君が指摘したとおり、彼女が欲しいものを、すべて、彼が持っているからね」

「そのうち爆発しそうですよぉ？　暗殺しちゃうかも？　なーんて」

「大丈夫さ。彼女もまた、帝国を守る優秀な兵士だと、私は信じているからね」

皇帝と違って、リヒターはまったく信じていない様子である。

「ところでリヒター。今後のことなのだが、蜜柑隊はしばらく、胡桃隊に同行してもらえないだろうか」

先ほど皇帝がガンマに言ったとおり、魔蟲、そして魔蟲族については、早急に謎を解明する必要がある。

彼らが何者で、何を目的にしているのか。どうやって進化してきたのか。

「それでしたら、ボク自らが胡桃隊に出向する形はどうでしょう？」

「蜜柑隊の隊長である君が、自ら？」

「ええ、ええ。うちは優秀な研究員たちがいますので、ボクがいなくても通常業務は回ります。この天才的な頭脳を持つボクが現場に出たほうが、いろんな謎がより早く究明されると思うのですがぁ？」

「……そうだね。わかった。君に任せよう」

「ありがとうございますぅ！　ひっひ！　やったやった！　ガンマ君を間近に見られるぅ！　ひひひっ！　あの強さの秘密、ぜひとも知りたい！　あ、もちろん魔蟲族の秘密も知りたい！　ああ知りたいことだらけで困っちゃうなぁ！　ひひひひっ！」

彼女はぺこりと頭を下げると、うきうきしながら部屋を出て行った。

皇帝はひとり、椅子に座りながら息をつく。

「うちの子たちは、みな元気があっていいことだ」

皇帝は目を閉じる。

そして、ガンマ・スナイプとの模擬戦を思い出す。

あの身のこなし、そして射撃のセンス。

皇帝の後頭部に、堂々と、魔法矢を打ち込む度胸と、そして非情さ。

「あれだけ優秀な狙撃の腕を持ちながら、驕らず、隊員との調和を何より重んじる。ふふ……素晴らしい才能だ」

うれしそうに笑う。

「彼が来たことで、我が軍はさらに発展していくだろうな。ガンマ・スナイプ。きっとこの組織を、いいや……世界すら変えてしまうだろう」

皇帝の脳裏には、ひとりの少年の姿が映っていた。

それは彼の友人であり、世界を救った男の姿。

皇帝は懐から魔道具を取り出す。映像を映し出す魔道具だ。

ドローンと呼ばれる、小型の偵察機が撮影した映像が流れている。

ガンマたち胡桃隊は、見事、出現した魔蟲を討伐していた。

この短時間で、魔蟲の討伐。

やはりガンマが入ったおかげと言える。

「君は英雄となる。私は確信してる。期待してるよ、ガンマ君。本気でね」

☆

俺は皇帝陛下との謁見を終えた後、魔蟲出現の伝令を受けて現場に向かった。

王都の割と近い場所に、魔蟲の死体は転がっていた。

マリク隊長の運転する魔法《マジック》バイクに乗って、現地へ到着。

「すごいですね、この魔法バイクってやつ。この距離をあっという間に走破したんですもん」

「ふふん、だろ？」

一見すると鉄の馬。

二つのタイヤがついており、魔力を流すと、推進力を生んで前に進む仕組みらしい。

うちの隊長は魔道具師なので、こういう便利アイテムを独自に開発しているのだ。

「しかしすごいのはガンマ、おまえだろ。まさか現地におれらが着く前に、敵を倒して見せたんだから」

バイクの運転をマリク隊長に任せ、俺は助手席（サイドカーと言うらしい）から、魔法矢で狙撃。

魔蟲を撃破した次第……だが。

「課題はあります」

「ほう、課題？　倒したのにか」

「ええ。俺の【鳳の矢】だけでは、魔蟲を自動迎撃できないことがわかりました」

俺が倒した魔蟲を、改めてよく観察する。

黒くて、硬そうな外皮に包まれた、でかいゴキブリみたいな見た目だ。

鳳の矢を受けたあとはあるが、外皮が少し焦げてるだけだ。

結局俺の【鋼の矢】で倒さなきゃいけなかった。

「十分だろ。今まで倒すのに一時間はかかったんだぞ、現地へ来て、戦闘が始まってから」

「今は一匹だからいいですけど、これが一〇匹、二〇匹になったら？」

「そんな馬鹿な……」

「ないって、言い切れますか？」

マリク隊長は黙って、うつむいてしまう。考えを否定してこないあたり、たぶん隊長も予想はしているのだろう。ただ信じたくないってだけで。

「俺のいたスタンピードって荒野では、モンスターパレードって言って、モンスターの大量発生現象がありました。魔蟲も、同じ現象が起きるのではないかと？」

と、そのときだ。

『ひひっ！　ガンマ君の言うとおりですよぉ……！』

　俺の耳につけてる、通信用の魔道具（ピアス式）から、聞き覚えのない女の声がした。

「誰だ？　敵か？」

「落ち着けガンマ。こいつは仲間だ。別の部隊の隊長だよ」

「……失礼しました」

　他の隊長から、どうして今このタイミングで通信が入ってくるんだ？

　というか、マリク隊長の開発した魔道具なのに、よその隊長が使ってるって？

『ひひっ、初めましてガンマ君。ボクはリヒター。リヒター・ジョカリ。科学分析部隊【蜜柑隊】の隊長さ』

「リヒターのやつには、魔道具作成の際に何かと手伝ってもらってて、つながりがあるんだよ」

　なるほど、マリク隊長の知り合いなのか。

『改めての自己紹介は、また今度の機会に。ガンマ君がさっき言っていた話だけどね、ありえることだよ。魔蟲の大量発生は』

「なに？　くっそ……やっぱりそんな報告が来てるのか？」

『うん、錦木隊からね。今までは一匹ずつ、一定間隔空けて攻めてきたけど、今度は複数体来る可能性が大だ。そもそも、虫は一度に何匹も卵を産むからね。今までは過酷な環境に適応できず、幼体は死んでなかなか数が増えてこなかった。けれど……』

そのとき、鳳の矢の発動を確認する。

俺は狩人のスキル【鷹の目】を発動。

「隊長、敵です。この黒いやつが一〇」

「なっ⁉　一〇匹だと！　リヒターの予想通り、数が増えてきたってことか！」

遠巻きに、黒いゴキブリの魔蟲が、王都へ向けて高速で移動を開始していた。

「ガンマ、いったん引くぞ。態勢を整えてから……！」

「いや、大丈夫です、隊長。隊長はバイクを運転し、王都からやつらを引き離してください」

「おまえはどうする⁉」

「俺は、やつらを倒します。準備がいるんで、運転任せます」

隊長は俺の目をじっと見つめる。

一匹倒すのにも苦労するという、魔蟲討伐。

一〇匹をたったひとりで相手にするという俺のことを、果たして隊長は、信じてくれるだろうか。

ふっ、とマリク隊長は笑うと、バイクに乗り込む。

「乗りな、ガンマ」

隊長がバイクのハンドル付けのところに座る。

彼の特別な運転席らしい。

俺はサイドカーに乗って、準備をする。

「行くぞ！　振り落とされるんじゃあねえぞ！」

ぐんっ！　とバイクが加速する。

俺たちの動きに合わせて、魔蟲が高速で近づいてくる。

二メートルの巨体が、あんな速度で飛んでくるのだ。

周囲にかなりの衝撃波を巻き起こしている。

向こうのが速いため、どんどんと距離を詰めてこられる。

「あんま時間ないぞ！　何かするなら早く！」

「大丈夫です。ふぅ……」

俺は右手で弦を引く。

すると、いつものように魔法矢が出現する。

だが……。

「二本だと⁉」

「【鋼の矢《ピアシング・ショット》】、プラス、【鳳の矢《フェニックス・ショット》】」

鈍色と、赤色の魔法矢が輝き、やがて合体して、一本の矢へと変化する。

「【鳳凰の合成矢《バーニング・フェニックス》】！」

うずまく炎をまとった魔法矢が、射出される。

矢は空中で巨大な炎の鳥となり、敵めがけて飛んでいく。

「な、なんだぁ⁉　あのでっけえ火の鳥は！　ガンマが出したのか！」

「はい。合成矢です」

「ごうせい……や？」

炎の鳥は空中を旋回し、空高く舞い上がる。

「おいおい、どっか行っちまうぞ！」

「大丈夫です。今敵をロックオンしました。攻撃はこれからです」

炎の鳥は大きな翼を広げる。

びき、びきびき……その羽の一枚一枚が硬質化し……。

ドバッ……！

「広げた翼から、なんか射出された⁉」

「魔法矢です。鳳凰の合成矢は、二段階に攻撃が分かれてます。一段階目で敵をロックオンし、二段階目で、鳳から炎の矢が射出されます」

高熱の魔法矢はたやすく、ゴキブリ魔蟲たちの外皮を貫く。

「すげえ……穴あきチーズみたいに、敵を打ち抜いていく」

「鳳凰の合成矢には、鋼の矢の貫通能力が付与されてますので」

炎の鳥から射出された高熱の魔法矢の雨を受けて、一〇匹いた魔蟲たちは全滅。

しゅぅぅ……と湯気を上げながら、ぴくりとも動かなくなった。

バイクを止めて、俺たちは死骸の一つに近づく。

体中に穴が開いてる姿を見て、隊長が感心したようにうなずく。

「なるほど……わかったぞ。合成矢ってのは、魔法矢を二つ掛け合わせて作られる矢のことで、合成元の両方の性質を併せ持った魔法矢を作り出すんだな」

「そのとおり。貫通プラス迎撃力を合わせたのが、鳳凰の合成矢です」

「魔法矢を合体させるなんて発想、よく思いついたな」

「なんか、こねこねしてたら偶然できたんです」

「はっ、やっぱりおまえは弓の天才だよ。さすがガンマだぜ」

すると通信用魔道具からも、リヒター隊長の興奮したような声が聞こえてくる。

『すごいすごいすごい！　合成矢！　そんなの思いつきもしない！　これは世紀の大発見だよお、ガンマ君！』

どうやらリヒター隊長も驚いているようだ。

しばらくすごいすごいとうるさかったので通信を切る。

「しかしまずいな。数が増えてくるとなると、今まで以上の戦力強化が必要となる」

「俺がいれば問題ないかと」

「そりゃな。だがおまえずっと出ずっぱりってわけにもいかんだろう？　二四時間、三六五日働けるか？」

「う……無理です」

「そうだ、無理だし、そんな無茶は隊長のおれがさせん」

隊長はいつだって、隊員である俺たちに気を遣ってくれる。優しい人だ。

「早急に戦力アップが必要。となると、あれしかないな」

「あれってなんです？」

にやり、と隊長が不敵に笑って言う。

「決まってんだろ、合宿すんだよ！」

☆

魔蟲を討伐した、その日。

俺たち胡桃隊の詰め所にメンバーたちが集まっていた。

「「合宿！」」

「そう、一週間の強化合宿だ」

みな喜色満面となって、両腕を上げてる。

「やたー！　合宿合宿！」

「場所はどこかね、海かね山かねー！」

隊員のメイベルとオスカーがはしゃぎまくってる。

別に遊びに行くんじゃないんだが……。

テーブルに座ってるリスこと、マリク隊長がため息交じりに言う。

「場所は軍所有の合宿所を使う。もともと駐屯地だった場所で、寝泊まりするとこもあるし、少し離れたところには町が、そして近くには海がある」

「「海……！」」

「おいおい遊びにいくんじゃあないぞ、てめえら」

隊長……そのくせ、自分は浮き輪を腰に巻いてる。

遊ぶ気満々だこの人……いや、このリス……！

「出発は来週だ。それまでに各自準備をしておくこと。食料、寝具は向こうにあるから、それ以外の個人的な持ち物をそろえとけ。特に……！　女性隊員は水着を新調すること。これは隊長命令だ」

「職権乱用だろあんた……」

「ふっ……何を言ってるガンマ。これは男性隊員の士気をあげるために必要なことなのだよ。

ということでエロい水着を買うこと……！」

「どうせ自分がエロい水着を見たいだけのくせに……」

作戦中はしっかりしてるリスだけど、それ以外のときはただのセクハラ親父だよな、マリク隊長って。

案の定、女性陣から冷ややかな目で見られている。特にシャーロット副隊長は、路傍のゴミでも見るような目だ。

くいくい、とメイベルが俺の腕を引く。

「ねえ、ガンマ。君は……その、え、えっちな水着のほうが、いいの？」

「な、なんだよ急に……」

「答えて！　重要なことなのっ！」

任務でもないのになんだこの真剣な表情は。

しかもリフィル先生も、シャーロット副隊長も、こちらをじーっと凝視してる。

「え、っと……」

「イエスかノーかで答えて！」

「何でその二択……」

「イエスおあノー！」

いやそりゃ……。俺だって男だし、エッチな水着……興味はある。

特にメイベルはスタイルもいいし、そういう水着は似合いそうだ。

だが、だがなぁ……。口にするのは恥ずかしい。

とはいえイエスかノーかで聞かれて、答えないのはちょっとそれはそれで……。

「い、イエス……で」

「「「なるほどっ」」」

女性陣がよくわからんが、納得したようにうなずいた。

「はーい、今日仕事おわったら水着買いにいくひとー♡」

「はいっ！　行きますせんせー！　あたしも買う！」

「……では私も同行いたしましょう」

なんだか知らないが、女性陣はそろって買い物へ行くらしい。

「ハイハイ！　おれも同行……ふぎゅううう！」

「……隊長は着替えを盗撮する可能性があるのでついてこないでください」

「誇りある……帝国軍人が……のぞきも盗撮も……しましぇえん……」

ぱっ……とシャーロット副隊長がマリクのおっさんを離す。

「ふっ……ではボクの出番かな。ボクの美的センスが要求される場面……」

「いらない！」「必要ないかなー♡」「……オスカー君は今日残業ですよ。書類仕事おわってませんので」

がっくし……とオスカーが肩を落とす。

なにやってんだか、馬鹿なやつめ……。

「とゆーことで、ガンマっ。水着買いにいこー！」

「「なにぃいいいいいいいいいい⁉」」

隊長とオスカーが声を荒らげる。

「なんでガンマはよくって、おれらはだめなんだよ！」

「不公平だ！　差別だ！　ひいきだ！」

ぶーぶー不満をたれるふたりに、メイベルがため息をつきながら言う。

「ガンマはあんたらとちがって、邪念がないから」

「そうねぇ♡　男の子視点もほしいし♡　ガンマちゃんなら安全だから♡」

「……ぜひとも意見がほしいですね。同行をお願いしたいです」

え、ええ〜……。

男の視点って。いるのかそれ……？

「ガンマいこ！　仕事おわったら暇でしょ？　ね！　ね！　ねー！」

「わ、わかったよ……」

「やった〜！」

まあ特に用事もなかったから、いいけどさ。

☆

その日の仕事終わり。

ロッカーで私服に着替えて、帝城の門の外で待ってると……。

「ガンマー！　おまたせー！」

赤髪ショートカットの美少女が、手をぶんぶんぶん！　と振りながらこちらに駆けてくる。

「メイベル……」

彼女は私服だった。薄手のふわっとした長袖シャツにミニスカート。

サスペンダーでスカートをとめて、頭には丸い帽子。

「ご、ごめんガンマ……ほんとはもっと可愛い服にしたかったんだけど、急だったから……」

「え、いや普通に可愛いけど」

「ほんとっ！　ぅ～～～～～！　やたー！」

活発なメイベルに、今の格好はとても似合ってる。かわいい。

そしてぴょんぴょんと跳ねるたびに、その立派な胸がゆれ、目のやり場に困る。

「おまた～♡」

「……お待たせいたしました」

軍医のリフィル先生と、副隊長のシャーロットさんも私服姿で現れる。

といっても、リフィル先生は白衣を脱いだだけだ。

ノースリーブのシャツにタイトスカート。

シャツのボタンを四つもあけて、大胆に胸を露出している。め、目のやり場に困る……。

一方、シャーロット副隊長はロングスカートに長袖シャツ。

薄手のカーディガンを羽織っていた。

いつもバレッタでまとめている髪の毛をほどいている。

普段仕事できるお姉さんだが、今はなんだか、いいとこのお嬢さんに見える……。

「む～。ガンマ～。ふくたいちょーに見とれすぎじゃないですかー？」

「あ、いや……すみません」

シャーロット副隊長は「いえ、お気になさらず」と眼鏡の位置を直す。

あいかわらずクールな人だ。

「……さ、参りましょうか」

こつこつ……とヒールを鳴らしながら、副隊長が帝都の繁華街へ向かって歩いて行く。

それを見て、リフィル先生がにまーっと笑う。

「ガンマちゃんやるぅ～♡」

「え、なんです？」

「シャーロットちゃん、めっちゃ照れてるわよ～。いつもなら後ろからついてくるのに、今日はひとりで先に行っちゃってるのがいい証拠ね。顔見られたくないのよ」

「て、照れることなんてあるんですか、あの人……？」

「意外とうぶなのよ♡　ふふっ♡　さ、いきましょっか♡」

　ぎゅっ、とリフィル先生が俺の右腕にしがみつく。

「ちょっ!?　リフィルさん……俺半袖……」

「ん～？　半袖だからなぁに♡　生乳が当たって照れちゃうのかな～？　かーわいい♡」

　するとメイベルがぷくーっと頬を膨らませて、逆側の腕に抱きついてきた。

「いこっ、ガンマっ」

「な、なんで押しつけてくるんだよおまえ……」

「ガンマのせいでしょっ」

「ええー……俺何もしてないけど……」

　きっ、と今度は先生をにらみつける。

「せんせーはボタンとめて！　歩くセクシャルハラスメントだよ！」

「しょうがないじゃない、胸がおっきくて、入る服がないのよ♡」

「じゃあ大きめの服着ればいいじゃないですかー！」

「それだとなんか野暮ったく見えちゃうのよねぇ。いいじゃない♡　涼しいし、ガンマちゃんも喜んでるみたいだし♡　ねー♡」

　同意を求められても困る……。

　シャーロット副隊長がため息をついて、こちらを見て言う。

「……馬鹿やってないでさっさと行きますよ」

「「はーい」」

　みんなで歩き出すと……。

　副隊長は氷のナイフを作り、ひゅっ……！　と俺の背後に向かって投擲。

　俺の後ろになぜかいた、オスカーとマリク隊長の肩に刺さった。

　そこから一瞬で凍結し、二人が身動きをとれなくなる。

「ちくしょう！　ばれてたなんて！」

「くっそ！　おいガンマ！　チクったな！」

「いや、別に俺何も言ってないですけど……」

　まあ二人がこっそり、こちらの様子をうかがっていたのは、気配からわかったけど。

　するとシャーロット副隊長が言う。

「……ガンマさんのおかげで、あのバカ二名に気づけました。さすがの気配察知能力ですね」

「え、俺何も言ってないですけど……」

「……あなたが背後のバカに気づいた、というのを、表情から察しました。逆に言えばあなた

俺の背後で、氷付けになった男子二名が「「おれらもつれてけー！」」とわめく。

「だめだよたいちょー、それにオスカーも。変態だもん」

「そんな！　ボクは変態ではないぞ！　変態紳士だよ！」

「おれも変態じゃないぞ！　かわいいリスちゃんだよ！」

「はいはい、ムシムシ。さ、いこガンマ～♡」

「「くそぉおお！　ガンマぁあああ！　後で覚えてろおぉおおおおおおおお！」」

背後で氷付けになった二人が血の涙を流している。

なんか申し訳ない……。

「こっそりつけてくるなんて、サイテーだよ！」

「まあまあ、男の子ってみんなバカでスケべな生き物だからね～♡」

「……私はああいう軽佻《けいちょう》浮薄《ふはく》な輩より、真面目なガンマ君のほうが好感が持てますね」

「あらあら♡　ガンマちゃんのほうが好きってことかしら～？」

「…………」

「照れちゃってまー♡」

俺は女子に囲まれながら、買い物へと向かうのだった。

4章

合宿が決まり、買い物をしてから一週間後。

俺たちは帝国の北部にある、合宿所へとやってきていた。

アルテミスもものすごく行きたそうにしていた。だが任務と違って今回は合宿。同行は皇帝から許されなかったらしい。まあしかたない。

合宿所は駐屯地を改造した建物らしく、周囲を金網で囲ってあった。

敷地面積はかなり広い。教練室だけでなく、寝泊まりする建物もある。

「「合宿……！　いえーい！」」

オスカーとマリク隊長がノリノリだった。

相当、女性陣と一緒に寝泊まりするのがうれしいらしい。

「いいのかな、合宿なんて悠長にやってて……。魔蟲族の脅威が消えたわけじゃないし、魔蟲の数も増えてるってのに……」

と、そのときだった。

「ひっひ！　だぁいじょうぶですよぉ、ガンマくーん♡」

ぬっ、と誰か俺の背後から抱きしめようとしてきた。

俺は一瞬で距離を取って離れる。

「さっすがガンマ君。狩人の勘ってやつ？　不意打ち、マジ意味ねえ！」

「あんた、誰だ……？」

白衣にぼさっとした桃色の髪の毛、そしてひょろ長い女だ。

「どもー、蜜柑隊の隊長、リヒター・ジョカリです♡」

「蜜柑隊……たしか、科学分析部隊の……？」

「それそれ。本日より胡桃隊に出向で参りました。よろしくー♡」

にゅっ、とひょろ長い手を伸ばしてくる。

この人が魔道具で話した隊長か。

危うくカウンターショットをたたき込むところだった。

しかし殺気を、この距離にならないと感じさせないか。

なるほど、分析部隊とはいえ、さすが部隊長。武芸にも秀でてるようだな。

「で、大丈夫ってのは？」

「ボクの開発した新型【殺虫剤】と、【魔徹甲弾《ピアシング・バレット》】のおかげで、一般兵でも魔蟲にある程度は対応できるようになったんですよぉう」

「殺虫剤……。魔徹甲弾？」

「殺虫剤は文字通り、魔蟲の嫌がる成分を散布し、魔蟲を追い返す特別なスプレー。んで、魔徹甲弾は……、実際に撃ってもらったほうがいいかな。おおい、そこの軽薄そうな男～」

「オスカーだよ！」

リヒターさんはオスカーに近づいて、先のとがった銃弾を渡す。

「拳銃タイプに改造してあるから、それ込めて適当に打ってみてくださぁい」

「ふむ……レディの頼みとあらば断れないな」

ちゃっ、とオスカーが銃弾を込める。

そして、遠くの教練室の壁めがけて撃つ。

びゅんっ……！　とすごい速さで飛んでいった弾が……。

すっ……と建物の壁を素通りしていった。

「貫通力えぐいねこれ……！　建物の壁を容易く撃ち抜くなんて！」

「このあいだガンマ君が大量に倒してくれた魔蟲たちがいたでしょぉ？　その外皮を削って加工して作ったんですよぉ」

なるほど、同じ硬度を持つ、同質の素材で弾を作れば、魔蟲の硬い外皮を撃ち抜けるってことなのか。

「今まで害虫駆除はほぼ胡桃隊に頼りっきりでしたがぁ、それだけだと進化する魔蟲たちに対応できなくなるのは目に見えてます。一般兵でもこの装備があれば、ある程度戦える。ってことで、合宿しても大丈夫ですよぉ」

この人……怪しい見た目だけど、かなりやる人だ。

マリク隊長がぴょんっ、とリヒターさんの肩に乗っかる。

「リヒターが部隊に一時的に加わる。今回の合宿では、主におまえらのサポートをしてくれる」

「よろしくですぅ～……」

くるん、とリヒターさんが俺を見て、にんまり笑う。

「お会いできて光栄ですガンマくぅん♡　ボク……一番君に興味がありましてねぇ。特にその目」

「目……ですか」

てゆーか、近い。この人鼻先がくっつくくらいまで、顔近づけてきてる。

不摂生がたたってるのか、顔色は悪い。

けどよく見りゃ整った顔つき。メイベルほどじゃないが、結構……。

「はい離れてくださーい！」

ずいっとメイベルが間に入って来る。

「つれないですねぇ。もっと見せてくださいよぉ、その目」

「目……」

ずいっとまたリヒターさんが近づいてきて、俺の目に触れようとする。

「ええ。ボクの仮説によると君の目は……」

「合宿所いきましょー！　しばらく使ってなかったんだから、おそーじしないとだし！」

ぐいぐい、とリヒターさんを後ろから押すメイベル。

一同、合宿所を目指す。

大きめの寮って感じだ。文字通り元は駐屯兵たちの寮だったのかもしれない。

「……遅いぞ、貴様ら」

「あ……お姉ちゃん……」

え、姉？

そこにいたのは、長い髪をした、黒い鎧の女だ。

メイベルと確かに、顔つきが似てる。

だが姉のほうが鋭い目つきをしていた。

「アイリス、現着していたのか」

「……マリク」

メイベル姉は隊長とため口で話していた。

ということは、この人も。

「アイリス・アッカーマン。錦木隊の隊長だ。錦木隊はおれらの合宿中サポート、および警護を担当してくれる。ま、念のためだな」

「……アイリスだ」

メイベルの姉ちゃん……アイリスが無愛想にそう言う。

錦木隊。たしか、諜報・調査部隊だったな。

じろ……とアイリス隊長から俺はにらみつけられる。

「……貴様が例の新人か」

「あ、えっと……ガンマです。よろしくお願いします」

「……ふん」

俺が差し伸べた手をスルーして、きびすを返して進んでいく。

……なんか嫌われるようなことしただろうか。

「……先に施設内の掃除は済ませてある。ついてこい」

ざざっ、とアイリス隊長が進んでいく。

オスカーがはて、と首をかしげた。

「掃除?」

「なかに敵がいないか、先に来て調べてくれたんだろ。それと本当の意味で掃除もしててくれたみてえだな」

マリク隊長が周囲を見渡して言う。

確かに長年使ってなかった割に、ほこりとか全然ない。

サポートってそういうことか。

前を歩くアイリス隊長の後ろから、メイベルがちょこちょことついてくる。

「お、お姉ちゃんっ、久しぶりだね」

「……ああ」

「元気してたっ？　あたしは元気いっぱいだよ！　最近全然会えなかったら心配してたんだ！」

ぴた、とアイリスが足を止める。

パシッ……！

「………」

「妹に、手あげるなんて……何考えてるんですか、あんた」

メイベルが目を丸くしている。

アイリス隊長は、妹に向かって、すごい速さでビンタしようとしていた。

それが、筋肉の動きからわかった。だから近づいて止めたのである。

ぎり……と俺は隊長の右手をつかんでる。

「……離せ。私は貴様らとは部隊は違うが、部隊長だぞ」

「隊長なら、格下相手になにやってもいいって言うんですか？」

アイリス隊長が俺の手を払おうとする。

「！」

だが、俺は離さない。

否、アイリス隊長は動けない。

俺は狩人。いつも固い弦を引いて、矢を放ってる。

だから腕力と握力には多少の自信がある。

「何やってんだてめえら！」

マリク隊長が俺らの異変に気づいて声を荒らげる。

少し力を抜くと、ばしっ、とアイリスが手を払った。

アイリスは妹のメイベルを見下ろしながら言う。

「……貴様の隊の隊員が、上官に無礼な口の利き方をしたので、折檻しようとしたところだ」

「はぁ……。アイリスよぉ。上官って。おまえとメイベルは姉妹なんだろ？　別にいいじゃねえか、プライベートな会話をしてもよ」

「……今は、任務中だ。ゆめゆめ、そのことを忘れないように」

アイリスににらまれて、メイベルが意気消沈する。

俺を地獄から救ってくれた恩人が、そんな悲しい顔をしている。

……俺には、我慢できなかった。

「家族に、そんな態度、とるのはどうなんでしょうか？」

じろり、とアイリスが俺をにらんでくる。

だが俺は逃げない。

「家族が、挨拶してきてるのに、無視するどころかたたくなんて、どうかしてますよ」

「ガンマ！　いいって！」

メイベルが止めようとする。だが……俺は怒っていた。

彼女を傷つけようとした……この人がどうにも許せない。

「……わかったような口をきくな」

「俺にも家族がいます。あんたと違って、手なんてあげたことないですよ」

「……口の減らんガキだな。少々、痛めつけないとわからんようだな」

アイリス隊長が腰の得物に、手をかける。

「……勝負だ、ルーキー。くそ生意気なその口、私が矯正してやろう」

☆

メイベルの姉と決闘することになった。

「……私と決闘し、貴様がもし勝ったら、メイベルに謝罪してやる」

向こうがふっかけてきたけんかだ、遠慮する気はまったくない。

場所は、合宿所に併設された教練室。

円形のフィールドに立つのは俺と、赤髪の鋭い眼光をした女、アイリス・アッカーマン。

全身を黒い鎧で覆っている。

だが気になるのは、剣だ。

彼女の右手が持つ長剣は、どうにも、異様な感じがする。

注意が必要だな。

「それじゃあ、始めるぞおまえら」

リスのマリク隊長が俺とアイリスに同意を取る。

俺はうなずき、彼女もうなずいた。

……メイベルの姉貴にたいして、矢を打ち込むのは少々気が引ける。

だが俺の大事な人に手を上げようとしたやつに、遠慮することはない。

「では……はじめ！」

まず敵の出方を見る。

筋肉、骨の動き。視線、得物から、相手の攻撃方法を探る……だが。

「……？」

異様だ。

彼女は構えを取っていない。ぶらりと両手を垂らしている。

剣士の構えでは、少なくともない。

しゅっ……！

「！　なんだっ」

背後から殺気を感じて、俺は右側に飛んで避ける。

地面から黒い何かが突き出していた。

「なんだこの黒いの……」

「……遅い！」

視線を切った瞬間、目の前にアイリス隊長が現れる。

手に持った黒い剣で俺に斬りかかってきた。

すかさず魔法矢を放ち、アイリス隊長の剣を弾き飛ばす。

二射目を隊長の胴体に打ち込もうとして……。

俺は、逆方向に飛んだ。

びゅっ……！

二度目だったので、今度はしっかりと見た。

「影の……触手？」

信じられないことだが、俺の影から、黒い触手のようなものが伸びて、俺に絡みつこうとしていたのだ。

相手の一手目もこの影の触手というべき攻撃をしてきたのだろう。

「あんたの攻撃手段は、影か」

「……勘のいいガキだ」

アイリスの体から黒いもやが噴出する。

それは空中で無数の槍へと変化。

「槍だって⁉」

観客席にいるオスカーが驚愕の表情を浮かべる。

その間に影の槍が射出。

「【星の矢】」

無数の槍を、こちらも無数に分裂する魔法矢ですべて打ち落とす。

だが……。

槍が死角から降ってきた。

俺はそれをバク転して避ける。

全部を打ち落としたはずだったのだが。

どうやら、新たに生み出された槍のようだ。

「な、なんだねあれは！　影から槍ができたよ！」

「……あれは、お姉ちゃんのスキル。【影呪法《かげじゅほう》】」

「かげじゅほう……？」

「影を自在に操る力よ。影を粘土みたいにして、いろんなものを作ることもできる応用力の高いスキル」

メイベルはさすがに、姉ちゃんの力を知っていたようだ。

なるほど。影を使った能力か。

だから、あの影の槍を魔法矢で全部打ち落としたと思っても、あとから追撃の槍が来たのか。

影があれば無限に、武器などを量産できるわけだからな。

手の内をばらされたアイリスだったが、まるで慌てた様子もない。

「……降参するなら今のうちだぞ」

「はっ。誰が降参なんてするか。絶対謝らせてやる」

俺はもう一度、星の矢を使用。

「……無駄なあがきを」

同じ風に影の槍を作って、俺の魔法矢を打ち落とす。

さらに、影の触手を伸ばして、俺の体を捕縛。

「シッ……！」

「……ダミーか」

案山子の矢で作った俺の囮に気を取られてる。

その間に、俺はアイリス隊長の背後から魔法矢をたたき込んだ。

「おお、ガンマが隊長から一本獲った⁉」

「ううん、まだだよ！　ガンマ！」

攻撃をくらったはずの彼女が、こちらに突っ込んできた。

魔法矢を放ちながら後退。

影の触手で矢を払いながら、俺の胴へ向かって、一切の迷いない横一閃の斬撃を放ってきた。

がきぃん！　という音とともに、アイリス隊長の黒い剣が宙を舞う。

オスカーが唖然とした表情で言う。

「な、何が起きてるのかね……？　速すぎて目で追えないではないか」

「……アイリスさんが放った斬撃を、ガンマ君が至近距離で魔法矢を放ち、はじき返しました。その衝撃波を利用して後ろへ後退、距離を取ったのです」

うちの隊で唯一の剣士、シャーロット副隊長は、俺たちの攻防を目で追えていたらしい。

それを聞いたオスカーが、額に汗を垂らしながら言う。

「し、しかしどういうことかね。ガンマは案山子の矢で敵の注意を引きつけた後、背後からの痛烈な一撃をお見舞いしたはず」

「ううん。あのとき、お姉ちゃんは自分の影に潜ってたの」

「なっ⁉　影に潜っただって！」

「うん。影呪法は影を操るだけじゃない、影に出入りしたり、影から転移するなど、いろんな使い方ができるの」

「む、無敵じゃないかそれ！」

「うん……お姉ちゃんは強いよ。だって、S級隊員だから」

なるほど、部隊長で、なおかつS級なのか。どうりでやっかいな攻撃をしてくると思った。

アイリス隊長はふっ、と笑う。

「……どうした？　私の影呪法に手も足も出ないだろう？」

「まあ、あんたの力は強いよ」

「……なら」

「あくまでも、力は、な」

「……なんだと？」

「あんたは力は強いけど、その力を振るってるあんた自身が雑魚だって言ってるんだよ」

アイリスが切れる。

ごぉ……！　と体から黒いもやが噴出し、俺の周囲を影の槍やら剣やらで取り囲む。

「……容赦はせん。死ね！」

「ガンマーーーー！」

アイリス隊長が影の武器を振り下ろすより早く、俺は魔法矢を打ち込む。

「……同じことを。こんなのは通用……なっ⁉」

隊長が俺の魔法矢を払った瞬間……。

ぼふっ……！

と周囲に黒い煙が広がる。

オスカーがまたも慌てた調子で言う。

「なっ⁉　いきなり煙が……煙幕かい⁉」

その通り。これは【煙の矢《ブラインド・ショット》】。

文字通り煙幕を発生させる魔法矢だ。

周囲に広がった黒煙は、敵の視界を奪う。これが通常の使い方。

だが……。

「くそっ！」

煙幕のなかで、狩人の目を持つ俺だけは見えた。

アイリスが展開した武器が、すべて消えたことに。

彼女を包む黒い鎧も消えていた。

俺は真正面から魔法矢を打ち込む。

どがっ……！

「がはぁ……！！」

射った魔法矢が、正確にアイリス隊長の顎を打ち抜く。

彼女は宙へ浮くと、そのまま仰向けに気絶した。

マリク隊長はアイリス隊長に近づく。

「勝者、ガンマ！」

……最後の最後まで気を抜かなかった。

ふぅ……と息をつくと、客席からオスカーたちがやってくる。

「すごいじゃないかい！　しかしあの煙の一撃はなんだったのかね？　どういう意図だった？」

「煙幕を張って、光を遮ったんだ。煙の矢は、光をシャットアウトする特殊な黒煙を作る。どうやら隊長の影呪法は、光がないと発動させられないみたいだったからな」

「そうか……！　影を使ったスキルだから、影が発生しない……つまり光がなければ、スキルが無効化されるということだね！　やるじゃないかい、さすがガンマだね！」

ばしばし、とオスカーが俺の背中をたたいて賞賛する。

一方で、メイベルはリフィル先生とともに、アイリス隊長の下へ駆け寄る。

先生が診察をして、小さく微笑む。

「大丈夫。脳しんとうを起こしてるだけよ。すぐ目覚めるわ」

「……よかったぁ」

メイベルが心からの安堵の表情を浮かべる。

それだけ、姉のことが大事なんだ。

俺はメイベルに近づいて謝る。

「すまん、大人げなかった」

「ううん、ガンマ。気にしないで。決闘言い出したの、お姉ちゃんだし……」

リフィル先生は、アイリス隊長の部下錦木隊の人に命じて、医務室へと運ばせる。

メイベルは最後まで、姉のことを心配してる様子を見せていた。

「でも……ガンマすごいね。お姉ちゃんの無敵の影呪法の弱点を、この短い間で看破して、倒しちゃうんだもん」

「まあ、目だけはいいからな、俺」

狩人の目は相手の動き、呼吸、攻撃の本質を捉える。

俺は最初のやり合いのなかで、敵の弱点を見つけ出していたのだ。

狩人のハントは、いつだって、敵をよく知るところから始まる。

知るところから、か。

……アイリス隊長は、どうしてメイベルをあんなに毛嫌いしてたのだろう。

妹《メイベル》は、こんなに姉を心配してるのにな。

隊員メイベルの姉、アイリスとの模擬戦に勝利した。

☆

その後、俺たちはそれぞれ分かれて、荷物を部屋におく。

部屋数は限られているため、二人一組でペアになることになった。

俺はオスカーと同じ部屋である。

部屋は結構広く、ベッドが二つおいてあった。

「来て早々模擬戦とは、君も災難だったね」

ベッドに腰掛けたオスカーが、長い髪をさらっと手ですいて言う。

災難とは思っていなかった。

ただ……気がかりがあった。

「なあ……オスカー。メイベルとアイリス隊長のことなんだけど、なんか知ってるか?」

「うーん、言うてボクもそこまで詳しくは知らないよ。ボクが胡桃隊に入ったのも、君の二ヶ月前だし」

「そうか……」

「ただ、一度酒の席で聞いたことがある。アッカーマン家は代々、優秀な土魔法の使い手を輩出してる。そんななかで、姉のアイリス隊長は、土魔法の才能がなかったことが、鑑定でわかったその日に、家を出て行ったとね」

確かに隊長が使っていたのは、メイベルのように魔導人形《ゴーレム》を使って動かす魔法ではなく、影を使った特殊なスキルだった。

「持たざるものが、持つものへ向ける感情なんて一つしかないだろ？」

「嫉妬、か」

「だろうね。だからメイベルを目の敵にしてるんじゃあないかい？」

確かにそう考えると、つじつまが合う。

あの目は、家族に向けるものでは決してなかった。

「でも……なんか、それだけじゃない気がすんだよな」

「それだけじゃない？」

「ああ、なんかひっかかるというか……」

「根拠は？」

「ない。狩人の勘ってやつだな」

きょとん、としたあと、オスカーが苦笑する。

「君の勘は戦闘のときしか働かないんだね」

「んだよー、その言い方」

オスカーを小突くと、笑いながら立ち上がる。

「さて、そろそろ訓練に行こうかね」

トレーニングウェアに着替えた俺たちが部屋を出る。

ジャージという、最近開発した動きやすい服装だ。

俺たちが廊下を歩いていると……。

「ハァイ♡」

「うほほい！　リフィル先生！　服装がやぼったくっても、とてもお似合いですよっ！」

オスカーが一瞬で近づいてリフィル先生に言う。

確かに似合ってる……だが。

あいかわらず上着が苦しいのか、チャックをおなかのあたりまで下げている。

一方で隣のシャーロット副隊長は、ぴっちりと首元までチャックを上げていた。

「おうおまえら。準備できたか？」

リスのマリク隊長と、蜜柑隊の隊長で分析官のリヒターさんが歩いてくる。

隊長は上着だけジャージ、リヒターさんは白衣のままだった。

「やややあガンマくぅん♡　さっきの模擬戦は見事だったよぉ～♡」

桃色髪めがねの美女が、俺にぴったりくっついてくる。

遠目だと細くて、あんまり女性として感じないけど、近くによると甘いシャンプーの香りがする。

ぱしっ、とリヒターさんが俺の手を握り、顔がくっつきそうになるくらい近づける。

「やはり君の目は特別のようだ。あの短時間で敵の持つ能力、および弱点を看破してみせた」

「ち、近いですって……」

「ぜひともぉ！　ぜひとも、ボクの部屋でたっぷりねっぷり、しっぽり……余すところなく調べさせて……あいたっ」

シャーロット副隊長がリヒターさんの頭をたたく。

「……ジョカリ隊長、彼が困っています。おやめください」

リヒター・ジョカリ隊長さんが「これは失敬」と言って自分の頭を掻く。

「ボク、気になることがあるとついつい、執着してしまうんですよぉ……♡　ガンマ君のことはそれはもう……とびっきり気になって気になってしょうがなくて……♡　これが恋ってやつですかねぇ」

「馬鹿なこと言ってねえで、教練室へ行くぞてめら」

マリク隊長を先頭に、胡桃隊の面々が後に続く。

最後尾にはメイベルがいた。いつも快活な彼女が、今日は沈んだ表情をしている。

やっぱり、姉との不和が原因なのだろうか。

「メイベル……大丈夫か？」

「えっ!? あ、うん！　へーきへーき！　さっ、訓練だよ！」

かなり無理してる感じがするけど、今突っ込んでもしょうがないことだ。

俺たちは教練室へと到着する。

マリク隊長は台に乗って、俺たちを見渡して言う。

「それでは訓練を開始する。基礎的な能力の向上に合わせて、もう一つ、今回の合宿では試したいことがある」

「試したいこと？　なにかね？」

「それは【魔武器《まぶき》】の実戦投入だ」

「まぶき……？　聞いたことないね」

はて、とオスカーが首をかしげる。

ぱちん、と隊長が指を鳴らすと、魔導人形《ゴーレム》が台車を引いて持ってくる。

その上には指輪がいくつかおいてあった。

俺はその一つを取る。

「指輪……ですか？」

「そうだ。対魔蟲用武器、略して【魔武器】だ」

「ただの指輪にしか見えないんですけど……」

「そこに魔力を流してみろ」

俺は言われたとおり、指輪に魔力を流す。

その瞬間、指輪が光り輝くと、一つの美しい黒い弓へと変形した。

「登録者の魔力に反応して、圧縮魔法が解除される仕組みになってる。これなら持ち運びは楽だろ。ガンマ、ちょっと引いてみろ」

俺は黒い弓を手にとって、構える。

……意外としっくりくる。

弦をもって、引く。糸をはじく音が、驚くほど静かだ。

だが軽いわけじゃ決してない。適度な重さと、張りがある。正直かなりいい弓だ。

にゅっ、とリヒターさんが近づいてきて言う。

「その素材はですねぇ、魔蟲から作られてるんですよぉ」

「魔蟲から？」

「そぉ。魔徹甲弾と同じ発想ですよぉ。敵の魔蟲と同じ素材から武器を作ることで、より強力な装備となる」

確かに、この弓なら持ち運びは楽だ。

けど……。

「気に入らない、ですかぁ？」

「あ、いや……悪くない弓だとは思います。ただ俺には、妖精弓エルブンボウが……」

「ガンマ君。ボクはね、君はもっともっと強いと思ってるんですよぉ」

「？　どういうことですか？」

「簡単な理屈さ。君の強さが、君の弓を上回ってる。君はあの弓にこだわるばかりに、あの弓が壊れないよう力を制御してるのさ」

俺の力が……。

確かに、妖精弓エルブンボウはガキのころから使ってる弓だ。

体は成長していても、エルブンボウは昔のまま。

弓が成長に合ってない……のか。

にゅっとリヒターさんが顔を覗かせる。

「その魔弓は、先日ガンマ君が倒した魔蟲族をごりごりっと削って作ったものです」

「ま、魔蟲族って……人型サイズの蟲じゃあ……それを削ったのかい？」

「はい♡　それはもう、ゴリゴリっと♡」

オスカーが珍しくドン引きしていた。

俺もなんか使うのがいやになってきたな……。

「魔蟲族の硬い外皮を使ってる割に、手になじむ軽さなんですけど？」

「魔道具師であるマリクさんが付与した優れものですよぉ。使ってみてくれませんかねぇ」

俺は隊長を見やる。ふぅ、と彼は息をつく。

「使う使わないの判断は任せる。だが、リヒターの見立て通り弓がおまえの体についてってないのは事実だ」

「……そう、ですね」

使い慣れた弓を捨てる、わけじゃない。

より適した武器を使えれば、今よりもっと仲間を助けられる。

「わかりました。ありがたく、ちょうだいいたします」

「ちょおっと試射してみてくださいよぉ♡」

「そうですね。かるーく……」

俺は弦を軽く弾いて、壁に向かって放つ。

ビシッ……！

「「「は……？」」」

ひび割れた壁を見て、隊のみんなが呆然とする。な、なんだこれ……？

「すんばらしい！　まさか矢を使わず、弦をはじいた空気だけで壁にひび入れるなんて！」

「なんだそら……これでもし、本気で弦を弾いて、普通の矢を使ったら……？　魔法矢だったら……？」

もしかして、とんでもない威力になるんじゃないか？

え、もしかして……俺って、大事な弓が壊れないように、力をずっとセーブしてたわけ？

「ま、気づいたんならそれでいいじゃあねえか。よーし、おめえらの分も魔武器あっから、各自手に取って試してみろ！」

☆

ガンマとの決闘に敗北した、アイリス。

彼女は医務室で目を覚ます。

影の鎧は解かれて、今はベッドに横たわっている。彼女は呆然とつぶやく。

「…………」

「なんだ……あの……男の、強さは……」

アイリスはS級隊員。帝国にいる二十五人の精鋭のひとりだ。

彼女は単独で古竜を倒したことすらある。また、皇帝を狙ってやってきた他国の暗殺者集団を、単独で撃破したことがあるくらいの、手練れだ。

そんな自分が、あの弓使いに手も足も出なかった。

「うそだ……あんなの……なにかのペテンだ……」

だが、口でそう言いつつもアイリスの体は、認めていた。

彼の持つすさまじい技量。そして……あの目。あれは狩る側の人間の目だった。

「………」

じっとりと手に汗が浮かんでいた。もしもガンマが殺す気でやっていたら、多分死んでいただろう。

ガンマ・スナイプ。なんて強いんだ……。

「あ……」

ふと、枕元に小さな魔導人形《ゴーレム》がおいてあった。アイリスと目が合うと、体を上ってきて、彼女の頭をなでてきた。……すぐにわかった。妹のメイベルが、自分のためにおいてってくれた物だろうと。

「………」

アイリスはその人形を手に取る。妹に同情されているのか。そう思うと怒りで人形を握りつぶしたい衝動にかられる。……けれど、そっ、と両手で包み込む。

「メイベル……私は……あの日から、おまえのために……。なのに、あんなやつに負けるなんて……私は……私は……」

アイリスのつぶやきはしかし、誰にも届かないのであった。

☆

ガンマたちが新しい武器を手に入れている、そのころ。

帝国内の街道を、冒険者パーティ黄昏の竜を乗せた馬車が進んでいた。

ガンマが元いたパーティのリーダー、マードは不機嫌そうに顔をしかめる。

「ったくよぉ、なんでこんな粗末な馬車に乗んなきゃいけねえんだよ。ケツが痛ぇっつの」

国内でも数少ない実力者（だった）彼らは、今回、王女ヘスティアから依頼を受けたのである。

「マード……大丈夫かよ⁇」

「今回の依頼は、その……失敗が許されない内容だけど」

マードの取り巻きたちが、青い顔でリーダーに言う。

その表情は緊張していた。

「だ、大丈夫に決まってるだろ！　あのガンマの野郎ができた依頼……あいつより上のおれらが、失敗するわきゃねーだろが！」

さて、黄昏の竜一行が、どうしてヘスティアからの依頼を受けたのか。

話は数日前までさかのぼる。

☆

『黄昏の竜は、Sランクにふさわしくありませんわ。よって、降格処分とします』

数日前、マードたちは王都冒険者ギルドの、ギルマスの部屋にいた。

そこにはギルマスだけでなく、王女へスティアもいて、開口一番にそう言ったのだ。

『なっ⁉　こ、こ、降格ぅ⁉　どういうことだよぉ！』

当然、マードは説明を要求する。

大慌ての彼と違って、王女は実に冷静だった。

王女の瞳は、冬の日の鉄のように冷え切っている。

『あなたたちは、先日、王都に近づく敵を、倒せなかったそうですね』

王都主催のパーティがあった日。

火山亀が王都めがけて進撃してきたのだ。その討伐を任されたのが、黄昏の竜。

あの依頼は国王名義のものだった。大金の依頼料を支払ったのである。

それを失敗し、王国サイドから苦情が入った、というわけだ。

『あ、あれは……そのぉ……』

マードは火山亀との戦いに完全敗北した。自分の攻撃がまったく通じなかったのである。

『あ、あの日は！　ちょ、調子が悪かったんだ！』

『ガンマ様の支援がなかったから、ですか？』

どきっ、とした。確かにあの戦いのとき、仲間が言っていた。

ガンマが支援の魔法を、自分たちにかけていたと。

ここで王女の言葉を肯定することは、ガンマの有用性を認めること、自分の間違いを、認めることになる。

『が、ガンマなんて関係ねえよ！　あの日はほんとに調子が悪かったんだ！』

『そう。では、たまたまあの日は調子が悪かっただけと。負けたのも運が悪かっただけと』

『そうだ！　今は絶好調だぜ！』

『でしたら……今のあなたたちなら、難易度の高いクエストを出しても必ず成功すると？』

王女がじっと、こちらを見つめてくる。……真っ黒な穴のようだ。

瞳の奥には底なしの沼が広がってるように見えて、たじろいでしまう。

だがここでＮＯと答えたら、本当に降格させられる。

そんなのは嫌だ。自分たちはＳランクなんだ。

『あ、当たり前じゃねえかよ！』

『では、最近出現した謎の魔物を討伐してきてください』

『あ？　なんだよ、謎の魔物って……？』

『先日、王都でパーティが開かれた際、客に紛れて謎の人型魔物が襲ってきたのです』

『そいつと同じやつが現れたのか？　でも、パーティんときゃどうしたんだよ』

ヘスティアが、頬を赤らめる。

『ガンマ様が、見事倒してくださりました……♡』

『ガンマぁ……』

またか。また、ガンマか。

マードのなかでガンマに対する負の感情が蓄積されていく。

こないだの火山亀との戦いに負けたのも、今こうして降格の危機にさらされてるのも、すべてガンマのせいだ！

『あなたたちへの依頼は、その人型魔物を討伐すること。王国と帝国の国境付近で目撃情報があったそうですわ』

『それ倒してくりゃいいんだろ？』

『ええ、ですが、本当にやりますか？　ガンマ様でも多少苦戦したとうかがってます。ガンマ様の抜けた黄昏の竜では、少々荷が重いかもしれませんけども』

ガンマと比較してマードたちが弱い。そう言われてるように聞こえて、マードは憤慨する。

『ああ、やってやらぁ！　おれらだけでその人型魔物を倒してきてやんよ！』

『できないことをできない、と言うのも勇気ですわよ？』

マード以外の仲間たちの顔色を見て、ヘスティアは言う。

彼らの表情は恐怖で青ざめていた。

うすうす、勘づいているのである。ガンマがこのパーティの要だったことを。

マードですら、心の奥底ではそう思っていた。けれど、彼はあまりに愚かだった。

『あいつが倒せたってもんに、おれが負けるわけがねえだろ！』

☆

黄昏の竜たちは帝国と王国の国境にある、寒村へと到着した。

「おら、てめえら！　いつまでびびってんだ、さっさと降りろ！

マード以外のメンバーたちはすっかり怖気づいていた。

ガンマがいないというこの状況で、ガンマが苦戦したという敵に勝てるわけがないと。

だが、それを理解していない、否、理解したくない愚者が一名。そう、リーダーのマードだ。

黄昏の竜はマードのワンマンチーム。彼が白と言えば白。彼がやると言えばやるのだ。

「ビビる必要はねえ。今回はコンディション万全なうえに、助っ人もつれてきたからなぁ。てめえら！」

馬車から降りてきたのは、二名の冒険者。

「付与術師マッセカー。そして弓の名手スグヤラレだ」

マッセカーは背の低い女魔法使い風の恰好。

スグヤラレはエルフの男だった。

ふたりとも、ただならぬ雰囲気を醸し出している。

「こいつらを加えて、新生・黄昏の竜、デビュー戦と行こうじゃないか」

大丈夫だろうか、と不安がるメンバーたちとは対照的に、マッセカーとスグヤラレは自信満々だった。

「てゆっかー、あたしがいればどんな敵もよゆーじゃね？　てゆっか、あたし元・宮廷魔導士だし？」

「このボク様はエルフの里で一番の弓の名手なのだぞ？　このボク様がいれば、どんな敵だろうとハチの巣にしてあげるよ」

どちらも腕に自信があるメンツのようだ。

元・宮廷魔導士、そして弓の扱いにたけたエルフ族。これならいけるかも……とメンバーたちは少し希望を抱く。

「そうだよ、ガンマなんていなくたって、おれは、黄昏の竜は終わったりはしねえんだよ！」

だが、残念なことに、黄金に輝きを放っていた竜は、疾《と》うの昔に息絶えていたのだ。

ガンマという、このパーティの翼が抜けた時点で、竜は地に堕ちたのである。

飛ぶ力を失った竜は、ただ地面を這いつくばるトカゲと同じ。

彼らは、今度こそ思い知ることになる。

ガンマがいかに、このパーティに貢献していたのかを。

自分たちがいかに、無力だったかということを。

☆

「ここか……なんもねえくそ田舎だな」

まさに寒村という言い方がぴったりな、何の変哲もない、田舎の村だ。

マードたちパーティメンバーは村に入る。

「おかしいですね、マードさん。人の気配がしません」

「田舎だからだろ？」

「それにしては外に誰もいないっていうのは……」

メンバーに言われて、少しばかりの疑念を抱く。

背後を振り返り、弓使いのエルフ、スグヤラレに尋ねる。

「おい、この村に敵はいそうか？」

「は？　なんだね急に？　なぜボク様に聞くのだ？」

「おまえ弓使いだろ？　何か危険がないかわかるんもんだろ？」

同じ弓使いのガンマは、いちいち口をはさんできた。

ここは危ない地帯だとか、危険な予感がするなど、警告してきたのだ。

だがスグヤラレはあきれたような顔でマードに言う。

「何馬鹿なこといってるんだね。弓使いのボク様にそんなことわかるわけないだろ。周辺の索敵などは、危険を探し出すスキルは斥候《レンジャー》や盗賊の持つスキル。そんなことも知らんのかね？　Sランクのくせに？」

こけにされて腹が立つ。だが、確かにマードたちは、よその冒険者の事情を知らない。

黄昏の竜はマードのワンマンチームであり、学園を卒業してから今日まで、彼らは同じパーティ。

よその事情など知らないのだ。

「…………」

じわり、とわきの下に汗をかく。

今にして思えば、ガンマは意外と使えるやつだったのかもしれない。

少なくとも、彼を伴った冒険では、一度たりとも危険な目にあったことはなかった。

未知なる敵や危機に、怯えることはなかった。

ガンマという優れた弓使いが、未然に危機を防いで、あるいは回避していてくれたから……。

「ちがう、ちがう……あいつが、すげえやつなわけ、ないんだ……」

否定の言葉は、弱々しかった。ガンマのことを認めている部分が彼にはあった。

彼の不幸は、ガンマの有用性を認めつつも、おのれの無能さを認めていなかったこと。否、自覚していなかったこと。

だから、この後彼は惨事に見舞われることになるのだ。

「いくぞ、てめえら」

マードを先頭に彼らは村のなかへと入っていく。

誰かいないかと問いかけるも返事は返ってこなかった。

「廃村なんでしょうか?」

「かもしれねえ。いったん帰るか……」

と、そのときだった。

ぐち……ぐち……。

「マード……なんか、変な音しないか?」

「あの家から……」

メンバーのひとりが小屋を指さす。

耳を澄ますと、たしかに、ぐちぐちと肉を引き裂くような音がした。

「……てめえら、戦闘配置についておけ。マッセカーは、付与魔法を」

新メンバー、付与術師のマッセカーがうなずくと、呪文の詠唱に入った。

しっかりと支援魔法をうけ、準備万端。

マードが剣を抜いてドアに手をかけ、勢いよくなかに入る。

鼻を衝く刺激臭に思わずマードが顔をしかめた。

部屋の奥では、ぐちぐち、とやはりあの、肉を引きちぎるような音が響いている。

「だ、誰だ⁉　誰かいるのか⁉」

部屋の隅に大きな何かがいた。

ドアから差し込むわずかな光を受けて、ぼんやりとそのシルエットが浮かぶ。

「と、トンボ……か？」

それは、トンボというにはあまりに巨大な生物だった。

人間のような外観を持つが、顔は完全に虫類のそれ。

左右に開く口には、ナイフのように鋭い牙があり、べっとりと人の血肉が付着していた。

人型のトンボは、何かに噛りついてるようだ。

最初はパンでも食ってるのかと思ったが、違う。

「ひ、ぎやぁあああああああああああ！」

トンボが手に持っていたのは人の頭部だった。

そのそばには頭を失った死体が無造作に転がっている。

『んだよてめえ、人が食事してるときに邪魔しやがって』

トンボが人語を話すことなど、今のマードには関係なかった。

人間の死体、しかもむごたらしいその姿に、彼は恐怖してしまったのだ。

今までの冒険では、人を死なせたことは一度もない。

ガンマの弓と目によるサポートのおかげで、ひとりの死傷者も出したことがなかったのだ。

だが、ここにきてリアルな死を目の当たりにして、彼は完全にびびってしまった。

「ひぃ！」「なんだあれ、なんだよあれはぁ！！！」

仲間たちも遅まきながら、マードと同じ光景を目の当たりにする。

おびえる彼らを前にして、トンボの化け物はゆっくりと立ち上がった。

『まだ村に生き残りがいやがったのか？　それとも冒険者？　ま、どっちでもいいけどよぉ』

トンボが手に持っていた頭部を投げ捨てて、こちらに近づいてくる。

体から発せられる尋常じゃないオーラ。そのプレッシャーに、彼らは気圧されそうになる。

いち早く反応したのは、弓使いのスグヤラレだった。

「う、うわああ！　ぼ、ボク様に近づくなぁ、この化け物がぁあああああ！」

さすがはエルフというところか、素早く弓を構え、敵に向かって矢を放つ。

Sランクのマードがぎりぎり目で追える速度。

矢はトンボの眉間めがけて正確に撃ち込まれる。

『あー？　んだこれ？』

「ば、ば、馬鹿な⁉　ぼ、ボク様の神速の矢を受け止めるだとぉ⁉」

トンボは矢をつかんでいた。

ただし、真正面から受け止めた、のではない。

手を伸ばし、矢のお尻を指でつまんでいたのだ。

完全に動きを目でとらえていないと、こんな芸当ができるわけがない。

『こんなトロくせえ矢が神速とは、笑わせてくれるなぁ！』

血の付いた口を大きく広げて、げらげらと笑う。

矢を放ったスグヤラレはもちろんのこと、マードたちもトンボの異常性に気づいていた。

「だれだよ、おめえ！」

恐怖しながら名前を呼ばれる。そのことに強い快感を覚えているのか、トンボの化け物は実におかしそうにケタケタ笑いながら答えてやることにする。冥土の土産に。

『おれさまは魔蟲族がひとり、三級団員のドラフライだ』

「ま、まちゅうぞく……ドラフライ、だと？」

聞いたことも見たこともない化け物を前に、マードは困惑する。

だが状況からして、このドラフライが、討伐対象である人型のモンスターと言えた。

無理だと体が恐怖で震えながら訴えてくる。

矢を止めただけで、それ以外に何かをしたわけではない。だが本能が訴えてくるのだ。

こいつはやばいと。食われる、と。

『村の連中も全部食っちまったし、お次はてめらといこうかなぁ』

「ひぎいい！」「にげろぉおお！」

メンバーたちが逃げていくなか、マードもまた後を追おうとしてしまった。

だが、それが彼の自尊心を刺激し、一瞬だけ冷静にした。

今がどういうクエストの最中なのか。

これを失敗すれば、自分たちはSランクから降格させられる。

屈辱だ。しかも、自分たちが落ちることで、相対的にガンマの評価が上がることになる。

そんなのは、許せない。そのプライドが、彼を無謀にも戦いに駆り立てる。

「う、うおおおおお！　くらええええええええええええ！　おれの必殺技ぁああ！」

マードは魔法と剣、どちらも使うことができる。

こないだの火山亀との戦いでは、余裕をこいていて使わなかった、魔法剣。

炎の魔法を刃にのせ、さらに体を高速回転させる。

「【炎刃回転切り《えんじんかいてん》】ぃいい！」

マードが生み出したオリジナル技。

炎の刃で敵の鎧をとかし、さらに回転の勢いで肉を断つという、なかなかの一撃。

ドラフライはよけなかった。よける必要がないとばかりの余裕っぷりだった。

がきぃいいいん！

「んな!?　か、かてえぇ！」

一方ドラフライはあきれたように息をつく。

ご大層な名前の技が、あまりに弱かったからだ。

『おまえの剣が弱いんだよ。三級の薄い外皮にはじかれる程度じゃなあ』

「なんだよ三級ってぇ！」

『冥途の土産に教えてやるとよぉ、おれら魔蟲族には強さ・硬さによる等級付けがされてんだよ。一番下が三級、そこから、二級、準一級、一級、特級ってよぉ』

つまり、だ。

この化け物のほかにも、もっと強い化け物が存在するのだ。

しかもその化け物のなかで、このドラフライは最弱だという。

『団員は、まあ準一級いきゃ強いほうだ。師団長クラスになると一級、王直属の護衛部隊だと特級だな全員』

何を言ってるのかさっぱりわからなかった。だが、やばいと本能が叫んでいる。

化け物は一匹だけじゃない。こいつ以外も強いやつらはいる。

『っと、しゃべりすぎちまったなぁ。んじゃ、片腕もらいっと』

ぽきん、と。

あまりにやすやすと、剣を持つマードの右腕が切り取られた。

速すぎて、いつ腕を切られたのか、どうやって切断されたのかわからなかった。

痛みすら知覚できていない。
「へぇあ……？　あ、あ、あぁああああああああ！」
視覚的に腕がとられたと気づいたときには、マードは悲鳴を上げていた。
「腕がぁ！　腕がぁ！！」
マードはパーティのなかで最強であるはず。
そんな彼があっさりとやられた。パーティ全員に衝撃と恐怖を与えるには十分だった。
ドラフライは剣ごと、もしゃもしゃとマードの腕を食らう。
『人間うめえなぁ、やっぱり。そんで、やっぱ人間よええなぁ』
「いてえよぉおお！　いてえよぉおお！」
『コックローチが弓使いの人間のガキに負けたらしいが、やっぱ何かの間違いだな』
コックローチとは、こないだガンマが倒した、ゴキブリ型の魔蟲族だ。
彼もまた三級の団員である。
ガンマが倒した敵に、マードはあっさりとやられたのだ。
仲間たちはパニックになって、散り散りになって逃げだそうとする。
『逃がさねえよ！』
ドラフライは翅をひろげて消える。
全員がその場に倒れこんだ。

人間の動体視力をはるかに超えたスピードで飛び、全員の体にこぶしをたたき込んだのである。

「こんな化物、ガンマは相手にしてたのかよぉ……」

涙と鼻水でぐちゃぐちゃになった顔を、ドラフライに向ける。

敵はそんな情けない顔をするマードを見て嗤った。

『ぎゃはは！　弱い弱い！　人間は弱いなぁ！　そりゃあ当然だよなぁ！　てめえらは魔蟲族、そして魔蟲王ベルゼブブさまの餌なんだからよぉ！』

ベルゼブブ。それがやつらの首魁の名前。

だが痛みと恐怖で、ドラフライの言ってることを理解できなかった。

『さてとぉ、ベルゼブブ様に献上する分はもう肉団子にしちゃってるし、こいつらはおれが全部くっちまってもいいよなぁ』

「ひぎゃぁあああああああああ！　いやだぁあああああああ！　死にたくない、死にたくないぃいいいいいいい！　助けてぇえええええええええええええ！」

実にみっともなくマードは助けをこう。

真っ先に浮かんだのは、ガンマだった。

彼は心の底から痛感させられる。

自分たちが頂点に立ち続けられたのは、ガンマという超優秀な弓使いがいたからだと。

「助けて、ガンマ、ガンマぁあああああああ！」

だが、己の無力さ、そしてガンマの有能さに気付いても、もう遅いのだ。

彼は、もういないのだから。

☆

攻撃を受けて片腕を失ったマードを、今まさにドラフライが食べようとしたそのときだ。

かん、かん、かん……ころころころ……。

『あ？　なんだ、缶？』

ドラフライの足元に、手の平サイズのスプレー缶が転がってきたのだ。

足でそれを止めると同時、ぶしゅうう！　と激しい勢いでガスが噴射される。

『なんだこれは⁉　目が痛ぇ！　息が、できねぇ……！』

ドラフライが悶えだす。まるで猛毒を浴びたような反応だった。

マードには特に変化が見られない。何に苦しんでるのか、わからなかった。

『のどが焼ける！　苦しい！　くそ！　なんだってんだこのガスはよぉ！』

「敵、魔蟲族にたいして、【対魔殺虫剤】、効果あり！」

そのとき、どこからか声が聞こえてきた。

ガスの充満する室内に、がちゃがちゃと靴音を鳴らしながら、見知らぬ集団が入ってくる。

青い軍服に身を包んだ男たちであり、彼らの手には最新の帝国式ライフルが握られていた。

彼らの服につけられた、帝国軍のシンボルを見て、マードたちは気づく。

「マデューカス帝国軍か！」

ここはゲータ・ニィガ王国とマデューカス帝国の国境に位置する村だ。

おそらくは、帝国側にも通報が入っていたのだろう。

「対魔殺虫剤が効いてる間に片づけるぞ！　総員、銃構え！」

軍人たちがライフルを構えて、魔蟲族に銃口を向ける。

だがマードは焦った。

「無駄だ！　やつの外皮はくっそかてえんだ！　このおれの最大の一撃を受けてもぴんぴんしてやがった！　そんなんじゃ傷ひとつ……」

「撃てぇ！」

指揮官の命令で軍人たちがライフルをぶっ放す。

高速で放たれた銃弾は、ドラフライの体をたやすく打ち抜いてみせたのだ。

『いってぇえええええええええ！』

軍人たちの銃弾は、魔蟲族にたいしてはっきりとした効果を見せていた。

穴の開いた個所からは紫色の体液が垂れている。

「………」

マードは茫然とし、声も出なかった。

自分が渾身の力を込めてはなった一撃を、いともたやすくはじいた魔蟲族の外皮。

それを、名も知らぬ軍人の放った銃弾が容易くぶち抜いてみせたからだ。

「いけるぞ！　リヒター隊長がお作りになられた、【対魔徹甲弾《ピアシング・バレット》】は、魔蟲族にダメージを与えてる！」

「この機を逃すな！　撃て！　撃てぇ！」

軍人たちが徹甲弾を一斉掃射する。

銃弾の雨あられを受けて、たまらずドラフライはその場から離脱した。

跳躍し、そのまま建物の天井をぶち破って、あっという間に空高く舞い上がる。

『ちっくしょぉお……いてえしくせえし、なんなんだよ……』

対魔殺虫剤の効果で呼吸器系をやられたドラフライは、何度もせき込む。

人間ごときに後れを取るとは思えない。

だがあのガスとあの銃弾という未知の兵器の登場は、ドラフライに一抹の不安を抱かせた。

ほかにも、まだ強力な兵器が隠されているのではなかろうか、と。

『く、くそ！　一時撤退だ！　覚えてやがれ！！』

ドラフライは眼下をにらみつける。

地を這う人間《サル》にたいして、撤退を余儀なくされることは、翅をもつ魔蟲族にとって最大の屈辱だった。

このままでは、すまさない。

『【マーカー】は残した。次は確実に食ってやる！　皆殺しだ！』

ドラフライはそう言うと、魔蟲族の拠点である妖精郷の森へと向かって去っていったのだった。

☆

帝国軍人たちはしばらく、その場から動かなかった。

敵が潜んでいる可能性を考慮し、戦闘態勢を保っていたのだ。

だがしばらくたっても魔蟲族が帰ってこないことを確認してから……。

「「「うぉおおおおおおおお！」」」

軍人たちが歓喜の雄たけびを上げる。

マードはぽかんと彼らを見つめていた。

「ついに、おれたちでも魔蟲族を撤退に追い詰めることができたぞ！」

「帝国の科学が、ついにやつらに一撃くらわせることに成功したんだ！」

「すごい！　やはりわれらが帝国の科学は世界一‼」

魔蟲、という未知の脅威にたいして、今まで帝国軍は何もできなかった。

胡桃隊というエリートたちしか太刀打ちできない、そんな恐ろしい相手であると。

彼らはみな、悔しい思いをしていたのだ。

愛する祖国を、自分の手で守れない現状に。

だがリヒターという帝国随一の科学者の手によって、魔蟲に有効な装備が完成したと、実証された。

これから帝国の反撃が始まるんだ、と軍人たちはみな喜んでいたのである。

……そんな帝国の事情を知らぬ、王国民のマードたちは完全に意気消沈していた。

おぞましい敵との戦いを経験し、身心疲れ果てていた。

特にマードは片腕を失うという重傷を負っているため、その場から動けずにいる。

すぐさま近くにいた、衛生兵らしき女軍人がマードに近づいてくる。

「隊長、一般人です！」

「ッ！」

一般人、と言われた。

王国最強のSランク冒険者である、自分が。

力を持たぬ一般人と、思われてしまった。

衛生兵はすぐに応急措置を始める。

だがマードは悔しくて涙を流していた。

「もう大丈夫ですよ。このまま帝都にある病院にあなたたちを送り届けます。失った腕は戻りませんが、帝国の科学技術力なら、日常生活に支障がないレベルに生活できるようなりますから！」

衛生兵は、マード（一般人）が化け物から助かって、喜びの涙を流していると勘違いした。

だが彼が泣いているのは、悔しいからだった。

自分がぼろ負けした相手に、帝国軍はあっさりと勝利して見せた。

王国最強という自負心が粉々に砕けちった瞬間だった。

そして、おのれの無力さを完全に痛感させられた。いやでも、認めてしまったのだ。

この黄昏の竜は、ガンマひとりが強くて彼がいたからこそ、黄金の輝きを放っていたパーティだったのだと……。

☆

その後マードたちは帝都にある帝都大学付属病院へと搬送された。

止血等、適切な処置をしてもらったおかげで、彼らは一命をとりとめた。

その病室にて。

マードと、もともといたパーティメンバーたちは、ぐったりと首を垂れていた。

弓使いスグヤラレと付与術師マッセカーは、あっさり見限って自分たちからパーティを出て行った。

当然だ。今回マードたちは完全に依頼失敗してしまった。

ただの依頼ではない、王女から直々に出されたクエストである。しかも、名誉挽回をかけた、失敗できない挑戦だった。

それに失敗したのだ。ペナルティは避けられないだろう。

スグヤラレたちはSランクとしてちやほやされることを期待して、パーティに入ったのであった。だから、降格の危機がおとずれてる落ち目のパーティに、いつまでも所属する気はないのである。

「マードよぉ……これから、どうしよう」

彼のもとに残ったのは、昔からパーティを組んでいた仲間たちだけ。

マードはいつもの、自信に満ちた表情をしていない。うつむいたままだ。

仲間のひとりが言う。

「王女様に、ありのまま報告しよう」

「そんなこと、できるわけないだろ！」

マードが声を荒らげる。その目は泣きはらして真っ赤になっていた。

「正直に報告したら、降格は必至だろ⁉　いいのか⁉　おれたちは、もう王国最強じゃなくなるんだぞ⁉」

「……じゃあどうすんだよ？　嘘をつくわけにもいかないし……」

すると、にやりとマードが笑う。

「まだだ。まだあの化け物は、討伐されてねえ。撤退しただけだ。なら、まだチャンスはある！」

「り、リーダー……」

「まさか、また戦う気か⁉　あの恐ろしい化け物と？」

「当然！　おれらは最強、黄昏の竜だぞ！　このままやられっぱなしでおめおめと帰れるかよ！」

メンバーたちは、マードほどSランクに執着していなかった。

地位よりも自分たちの命を優先したかった。

だがイエスマンである彼らは、リーダーに口答えできるわけもない。

「だ、だけど……このまま挑んでも、またやられるだけでは？」

マードは迷ったものの、意を決したように、こう言う。

「ガンマだ。ガンマに、戻ってきてもらおう」

もう理解していた。ガンマこそがこのパーティのかなめであると。

彼は黄昏の竜に必要不可欠な翼だったのだ。

「だ、だけど……。戻ってきてもらえるのか？」

メンバーたちの不安はもっともだ。

ガンマは一度パーティを追放されている。

クビにされた恨みがある状態で、パーティに戻ってくるとは考えにくい。

「くるさ、なにせおれたちは、学生時代からの仲間なんだぜ？　おれが頭を下げればきっと、いや絶対！　ガンマはおれたちのもとへ帰ってきてくれるさ！」

マードの頭のなかでは、ガンマが帰って来て、そしてあの化け物を倒すという都合のいいストーリーが完成していた。

これでSランクから落ちることもない、これですべて元通りになる。

そう、思っていた。だが言うまでもなく、ガンマが戻ることはない。

なぜなら、彼にはもう新しい場所で、彼を認めてくれる人たちとともに、幸せな新生活を始めているから。

そうとも知らないマードは、希望に満ちた瞳で言う。

「ガンマは今帝国軍に所属してるんだろ？　ここは帝都の病院だ、あいつにすぐに会いに行こう！　きっとおれが一声かければ、泣いて喜んで戻ってくるに違いねえ！」

残念ながら、ガンマは今帝都にいないし、喜んで戻ってきもしない。

自分がガンマにひどい仕打ちをしたことなど、すっかり忘れてるマードは、自分が頼めばガンマが戻ってくると、本気でそう思ってるのであった。実に、愚かであった。

5章

俺たち胡桃隊は、魔蟲族に対抗するため、強化合宿に来ている。

帝都を離れ、やってきたのは元駐屯地を改造した訓練施設。

分析官のリヒター隊長と、天才魔道具師であるうちのマリク隊長の協力のもと、胡桃隊の武装を強化してもらった。

教練室にて。

「フハハ！　見たまえ諸君！　進化した我が愛銃の威力を！」

教練室にはダミーの魔蟲がおいてある。

前に俺が大量に倒した魔蟲を、マリク隊長が固定化の魔法で腐らないようにしたものだ。

隊員の銃手、オスカーが新しくなった二丁拳銃を構える。

どがん！　という激しい音とともに銃弾が発射。

それは魔蟲の硬い外皮をたやすくぶちぬき、さらに内側から炸裂させる。

「この威力！　魔蟲の外皮がまるでポップコーンのようだ！　ふははは！　すごい、すごいぞ新型銃《お》！」

オスカーの銃は、魔蟲の外皮を加工して作られた、頑丈なものである。

ちょっとやそっとじゃ壊れない硬度を持った銃身で作られてるため、今までよりも火薬の量を入れても問題なくなった。

これにより火力が上がり、さらにマリク隊長が作った新型の魔徹甲弾、その名も炸裂弾を使うことで、魔蟲を内側から破壊できるようになったのである。

続いて、シャーロット副隊長。

彼女の手には黒い細身の杖剣が握られてる。

「……いきます」

彼女が杖剣に、魔力を通し、軽く振ると……。

がきぃん！　とトレーニングルームのなか全体が、氷の世界へと変貌した。

リヒター隊長がにんまり笑って言う。

「うんうん、やはり魔蟲の外皮は魔力を通しやすいですねえ。進化元が魔族、つまり魔法にたけた種族だから、その体組織は魔力伝導性が高いと踏んだんです。結果は御覧の通り、少ない魔力で高出力の魔法を実現できるようになったんですよぉ」

攻撃に魔法を使うのはシャーロット副隊長、軍医のリフィル先生、そして、メイベルだ。

彼女らの手には黒い杖がそれぞれ握られてる。

「回復魔法も麻痺の魔法も、今まで以上に少ない魔力で使えるようになったわぁ♡　すごいわね、リヒターちゃん♡」

「いやいや、これもガンマくんのおかげですよぉ～。彼が来たことで、よりたくさんの、しかも状態のいいサンプル品が手に入るようになりましたからねぇ」

今までの魔蟲との戦いは、長い時間をかけていたせいで、ボディに傷がかなり多く、サンプルとして使いにくかったそうだ。

俺はだいたい魔法矢で、一撃で急所を射貫くため、体に傷が少なく、素材として使える部位が多く採取できるようだ。

「ガンマ君には感謝しかないですよぉ」「……ガンマさん、ありがとうございます」「お礼にお姉さんがちゅーしましょーかー♡」

「あ、いや俺は別に、やれることやってるだけなんで」

ふと、俺は気づく。

教練室の端っこで、メイベルが魔導兵を作っている。

魔蟲製の杖により、より簡便に魔導兵を作れるようになった。

けれど、マリク隊長が渋い顔をしている。

「強度が足りねえな」

「どういうことですか？」

俺は二人に近づいていく。

メイベルは目線をそらした。俺は見えてしまったが、それについてあまり触れてほしくなさそうだった。みんなのいる前では、特に。だから黙っておく。

　リスであるマリク隊長が、ゴーレムの肩にのぼって、ぺしぺしとしっぽでたたく。

「メイベルの魔導兵は数がウリだ。だが現状、錬金の魔法で生成される魔導兵は通常の金属と変わりない」

「なるほど、強度が足りないんですね」

「そのとおり。高い硬度のもつ魔蟲からすれば、この魔導兵は粘土みたいなもんだ。簡単にぐしゃぐしゃにされちまうだろうよ」

「魔蟲並みの強度をもった魔導兵を作り出すよりは、魔蟲製の武具を魔導兵に持たせる方向はどうでしょう？」

「一番現実的だが、数が足りない。魔蟲製の武具はワンオフだ。量産体制はまだ整ってねえ」

　メイベルの生産力は上がったが、攻撃力、耐久の面でまだ問題を抱えてるらしい。

「まあとはいえ計算だと通常兵器でも、こないだリヒターが開発した特殊弾がありゃダメージ入れられる……がとどめまではいかねえから、やっぱ魔蟲製武具を装備させたいとこだがよ」

　彼女はにぱっと笑って言う。

「大丈夫大丈夫！　がんばるから！　魔蟲の硬度以上の魔導兵を作ればいいわけだ！」

「いや、メイベルよ。そんな簡単なことじゃあねえぞ」

「わかってる、でもやる！　あたしもみんなのためにがんばりたいもんね！　がんばっちゃうよー！　めざすは鉄人魔導兵団！　魔蟲なんてあたしひとりいればオッケーってくらいの魔導兵、作るもんねー！」

明るく笑うメイベル。マリク隊長は「ま、ほどほどにな」と言って去っていった。

メイベルは杖を手に魔導兵の強化を行っている。

その顔には……やはり、少しばかりの影が落ちていた。

「…………」

こういうのは、おせっかいと言うのだろう。

けれど俺にとっては、重要な問題だ。

「なあ、メイベル？」

「ん？　なぁに？」

「今日の夜、暇？」

☆

訓練を終え、飯食って風呂に入った後、俺は合宿所の裏手にある森へとやってきていた。

少し歩くとそこには湖があって、夜になると月明かりが湖面に反射し、実にキレイだ。

だいぶ待ってると、メイベルが遅れてやってくる。

「ご、ごめんねガンマ……準備してたら遅れちゃった」

「お、おう……」

メイベルは、その、普段よりおしゃれしていた。

短いスカートに、谷間が見えるシャツ。そして顔にはかなり化粧が乗っていた。

風呂入ったあとなのに、なんでこんながっつりよそ行きの恰好をしているのだろうか……。

「そ、そそ、それでその、だ、大事な話ってな、なにかな？　あたしは彼氏ちなみにいないよ！」

「はあ……？」

なんのこっちゃ？

「俺がおまえを呼んだのは、おまえがなんか悩んでるみたいだったからだよ」

「えー……」

なんだか、すっごくがっかりした表情をするメイベル。

合ってたんだろうけど、なんだろうかその落胆の表情は……。

「姉ちゃんのことで、悩んでるんだろ、おまえ？」

今度は、本気で驚いている様子だ。

「どうして、わかったの？」

「俺は目がいいからな、人より。化粧で隠してても、目の下が赤くはれてるのはわかるよ。それに、時折誰かを探すそぶりしてる」

「……そっか。すごいね、ガンマの目は。なんでもお見通しか」

予想通り、メイベルは姉のことで悩んでいるらしい。

湖のほとりに腰かけると、彼女は話し出す。

「ガンマの言うとおりだよ。あたし、お姉ちゃんと仲良くなくて」

「おまえは嫌ってないように見えるけどな」

「うん。一方的にあたしが、お姉ちゃんから嫌われてるの」

「なんか理由あるのか？」

「……聞いてくれる？　あたしんちの、事情」

メイベルが語ったことをまとめるとこうなる。

彼女たちの家、アッカーマン家は代々優秀な土魔法の使い手を輩出してる。

メイベルの姉もまた、当然のように期待されていた。

だが鑑定の儀式を受けたところ、姉のアイリスに土魔法の才能は見受けられなかった。

アッカーマン家は姉を不当に扱うようなことはなかったそうだ。

家が裕福だったこともあり、才能がないとしても、優しく家族は接しようとした。

だが、メイベルが鑑定の儀式を受け、土魔法の才能が見いだされた後、状況は一転する。

アイリスは自ら、家を出て行ったそうだ。

「自分から出てったのか？　なんで？」

「わからない……急にだったから。数年たって帝国軍にあたしが所属したとき、お姉ちゃんは錦木隊の隊長だったの」

　再会を喜んだメイベルだったが、そのときには強く拒絶されたそうだ。

　以後、彼女たちの仲が好転することはなく、現在に至ると。

「……全然あたしにかまってくれなくなって。昔は、あんなにやさしかったのに……」

　ぽたぽた……とメイベルが涙を流す。

　姉のあまりの豹変っぷりに戸惑い、そして、昔みたいに仲良くしてくれないことが、ショックだったのだろう。

「軍に所属した後も、時間を見つけては、お姉ちゃんと話そうとしたの。でも……ぜんぜんだめで。今回、合宿で一緒になったから、仲良くなれるかなぁって思って、でも……」

「だめなのか？」

　こくこく、とメイベルが何度もうなずく。訓練が終わった後も、メイベルがどこかへ行っていたのは、なんとなく察してたが。

　姉のもとへ行っていたのか、仲良くなるために。

「あたしのこと、憎んでるのかな。土魔法の才能があたしにはあって、お姉ちゃんにはなかったから。あたしが、無自覚にお姉ちゃんを、傷つけてるのかなぁ……」

大粒の涙を流すメイベルの肩を、俺は抱き寄せる。

「そんなことない。アイリス隊長はおまえを憎んでなんかないよ」

「ガンマ……」

「言ったろ、俺には特別な目があるって。たしかに、あいつはおまえを拒絶してたけど、憎んでるようには、見えなかった。何か、事情があるんだよ。だから、態度を変えてるんだ」

それは嘘や気休めでなく、俺が見て、そして戦ってわかったことだ。

「俺に任せてくれ。おまえらを、昔みたいな、仲良し姉妹にしてみせるよ」

「……ガンマぁ」

しばらくぐすぐすと泣いた後、小さく言う。

「どうして、そこまでしてくれるの？」

泣いてる女の子に、優しい言葉をかける甲斐性なんて俺にはない。

多分ほかの子だったら、俺は戸惑ってオロオロしてるだけだったろう。

メイベルだからこそ、俺はこうして、行動できていた。

「そんなの、単純なことだ。俺がおまえに救われたからだよ」

パーティを追放され、行き場のない俺に、メイベルは新しい道を示してくれた。

その恩を、俺はまだ返せていない。

「……それだけ？」

「おう。受けた恩を返すだけだから、おまえは何も気にする必要ない。俺を頼ってくれ、なあ、先輩？」

「そか……」

「え、まあ」

メイベルは小さくため息をついて、「先輩、かぁ」とちょっと残念そうにつぶやいたあと、うなずく。

「うん、じゃあ、任せたよ、後輩」

こうして俺は、メイベル姉妹の仲を取り持つことになったのだった。

☆

メイベルを呼び出してから、数分後。

「先帰っててくれないか？」

「え？　ガンマは？」

「俺はもうちょっと夜風に当たっていたいんだ」

ちら、と俺は木陰を見て言う。

メイベルは特に気にした様子もなく、うなずいて、去って行った。

「……さて。いるんですよね？　アイリス隊長？」

俺がそう、呼びかける。だがメイベルの姉……錦木隊の隊長、アイリス・アッカーマンは姿を現さない。

「無視しても無駄ですよ。二時の方向、木の影のなかに隠れてますよね？　出てこないならメイベルを呼び戻しますけど」

するとずぉ……と地面から、黒い鎧を身に纏った、長身の女が現れる。

メイベルの姉、アイリス。

小柄でかわいらしい妹とは反対に、背が高く、猛禽類のように鋭い目つきをしている。

アイリス隊長は俺を見て、ちっ……と舌打ちする。

「……なぜわかった」

「まあ、見えてたんで」

「……影のなかに完全に隠れていたぞ。私の姿が見えるわけなかろうが」

「ええあなた自体は見えてなかった。俺が見えたのは、あなたの敵意ですよ」

俺は狩人だ。

森や草原に隠れる動物を狩ることもある。彼らは生存のため、必死で身を隠そうとする。

そういう獣には、実体を目で探すんじゃなくて、敵にたいする意識、つまり敵意を肌で感じとることが肝要なのだ。

「……敵意を肌で感じ取ったのか。野生動物並の直感力だな。胡桃隊に選ばれるだけの力はある、ということか」

アイリス隊長が悔しそうに下唇をかんでいた。

やはり、あんまり悪い人じゃないような気がした。

彼女は力不足を悔いている。少なくとも、何を考えてるのかわからない、モンスターではない。悩みを抱えるひとりの人間なのだ。

「隊長、お久しぶりですね。最初の決闘以来」

あの後、彼女は自分の部隊である、錦木隊とともに、周辺の警備を担当していた。

とはいえ同じ合宿所に泊まってるので、会う機会は普通にあるはずなのだが、今日まで顔を合わせたことはない。

理由は単純。彼女が俺を避けていたからだ。

「……私になんの用だ？」

すごい目で威圧してくる。あまり関わりたい人種ではない。

普段の俺ならここまではしない。メイベルのため、という大義名分がなければ。

「対話を、求めてます」

「……断る。話すことはない」

きびすを返して去って行こうとする。物理的に止めても意味がないだろう。

ならば……。

「へえ……逃げるんですか」

ぴた、とアイリス隊長が足を止める。

「……なんだと？」

「あなた俺に決闘挑んで、俺に負けたよね」

「……何が言いたい？」

「決闘って何かをかけてやるものでしょ？　俺が勝ったんだから、話くらい聞いてくれないですか？　それとも、決闘に負けたくせに、何もしてくれないんですか？」

ぎん……と彼女が俺を射殺すばかりににらんでくる。まあでも野生動物のほうが怖いので、俺は彼女の赤銅色の目を見返した。

やがて、彼女がため息をついて言う。

「……何が聞きたい？」

どうやら対話に応じてくれたようだ。

決闘に負けといて、何もしないというのはプライドが許さなかったのだろう。

「メイベルのこと、どうしてあんなに毛嫌いするんですか？」

彼女は一瞬だけ目をそらした後、わざとらしく鼻を鳴らす。

「……単純だ。才能のある妹が妬ましい、それだけだ」

「はい、ダウトですね」

ぴくっ、とアイリスが眉間にしわを寄せる。

わかりやすい人だ……。あの程度の弱みを、狩人が見逃すわけがない。

「俺、目だけはいいんです。あんたの目は嘘をついてる目だ。心にやましい思いがあるやつの動きをしていましたよ」

「……心まで、読み取れるというのか貴様は」

「読心術ってほどじゃないんですけど、少なくとも、俺に嘘は通用しないですよ。全部、見えますので」

相手の呼吸法、視線の動きなどから、ある程度、獲物の心の機微は捕らえることができる。

狩りに必要なのは、相手の心理状態を把握すること。

相手が最も油断してるときが、狩る最大のチャンスだからな。

「メイベルが憎いっての、嘘ですよね。だってあなた、メイベルがひとりでここに来るとき、離れたところからずっとついてきたじゃないですか」

「……変態の目だな、貴様」

俺の持つ【鷹の目】のスキルを使って、周囲の警戒をしていたのだ。夜だし、ひとりじゃ危ないからな。

そしたら、この人の姿が見えたのだ。

それもあって、俺はこの人が、悪い姉ちゃんには思えなかったのである。

「それで、ほんとのところはどうなんですか？　本当に、メイベルの才能が妬ましいんですか？」

……長い沈黙があった。でも俺は待った。

彼女が、しゃべろうとしていたからだ。

何度も口を開いては閉じて、それを繰り返していたからだ。

やがて彼女は言う。

「……違う」

と。

その表情からは、いつものとげとげしさはなくなっていた。

「……別に私は、妹に嫉妬したわけじゃない。あいつはすごいと思ってる。その力は認めてる」

嘘……ではないだろう。

話し方から、そう察した。本当に嫉妬してるわけじゃないんだ。

「じゃあどうして、家を出てったんですか？　それに、軍に入ったときも、あいつを突き放すようなまねを、どうして？」

「それは……」

その時だった。

どがん、という大きな音が森のなかに響き渡った。

「……なんだ⁉　爆発か！」

驚くアイリス隊長をよそに、俺はすぐさま【鷹の目】を発動。

鳥瞰し、周囲の様子をうかがう。

火の手は合宿所からだ。

鳳の矢が発動していない。モンスターの襲撃ではないだろう。では、なぜ？

「おい貴様！　なにが起きてる⁉」

「合宿所で火事……」

俺が言い終わる前に、アイリス隊長はその場から消えていた。

彼女は一瞬で、合宿所へと移動していた。

メイベルが言っていた。姉は影を使った魔法が使えると。

影から影へと飛ぶことも可能だと。

ここから合宿所の物陰へと飛んだのだろう。

鷹の目を発動しながら、俺も走って合宿所に向かう。

炎のなかから出てきたのは……俺のよく知ってる人物だった。

「マード！　なんで……」

だがやつの様子がおかしい。
右腕が、人間のそれじゃないのだ。黒い外皮。それは見覚えのあるもの。
「魔蟲族の、腕……？」
黒光りする硬そうな外皮を持った右腕を、マードが振り回している。
声は届かない。だが彼の目が、正気の色をしていなかった。
なぜ、どうしてと頭のなかを、疑問符が舞う。火事を起こしたのは、あいつだろう。
おそらく、でも、なんで……？
マードにアイリスが切りかかる。
だがやつは高速でそれを回避すると、右腕をアイリスに振り下ろした。
俺は躊躇なく、魔法矢をぶっ放した。
矢はマードの外皮に包まれた右腕を吹っ飛ばす。
その隙をついて、彼女は逃げようと……。
「！　なぜ逃げない⁉」
アイリスは影の魔法を使い、影の触手でマードを捕縛しようとする。
だが向こうのほうが早く、触手から逃れると、空へと飛びあがった。
俺は合宿所近くまで追いついた。
もうためらわない。

俺はすかさず、やつの急所に矢を打ち込もうとする。

「だめだ！　撃つな！　メイベルが体内に！」

「なっ⁉」

体内？　どういうことだ？

一瞬俺が迷った隙に、マードが身をぐぐっと縮める。

俺は別の、殺傷力のない魔法矢に切り替えて、やつに向かって放つ。

だが、マードの背中からは翅が生えた。それは明らかに魔蟲族の翅だ。

魔蟲の翅は目にもとまらぬ速さを与える。やつは捕縛用の矢をすりぬけると、そのまま いずこへと飛びさっていった。

「メイベル！　めいべーーーーーーーーーーーーる！」

飛び去るマードに向かって、アイリスが叫ぶ。

通常の魔蟲族よりはるかに速かった。少なくとも、こないだのゴキブリの魔蟲族より速い。

愕然とした表情で、膝をつくアイリス隊長。

俺は彼女に近づく。

「いったい何があったんですか！」

「……私も、わからん。あの蟲男が、メイベルを腹のなかに入れて、飛んで行った……私が、私が無力だから。私は、また……妹を守れなかった。貴様の邪魔までしてしまって……」

　ぱしん！

　俺はアイリス隊長の頬をぶつ。

「しっかりしてください。まだ、死んだと決まったわけじゃない」

　俺の言葉にアイリス隊長が目を丸くする。だが、弱々しく彼女がつぶやいた。

「しかし……メイベルがどこへ連れ去られたのかわからないし……」

「大丈夫です。俺の魔法矢が、敵を追尾してます」

【蜻蛉の矢《ドローン・ショット》】

　殺傷能力はないが、敵を追跡する能力がある。

　俺はあのとき、捕縛用とともに、追跡用の魔法矢も放っておいたのだ。

「逃げられる可能性も加味して、あの一瞬で二本の矢を打ち込んでいたのか……」

「はい。敵は追跡に気づいていません」

「……頼む、力を貸してくれ。妹を、助けたいんだ！」

　アイリスが泣きながら俺に懇願する。

　もちろん、そのつもりだ。

　待っててくれメイベル。俺は必ず、おまえを助け出す。

☆

ガンマの級友、メイベル・アッカーマンは夢を見ていた。
幼かったころのことを。
『えーん！　えーん！　ぱぱぁ、ままぁ、おねーちゃーん！』
その日は家族で、山奥の別荘に避暑に来ていた。
別荘から抜け出したメイベルは、ひとりで花をつみにいった。
だが帰り道がわからなくなり困っていたのだ。
がさり、と茂みが揺れる。
野生の獣だったらどうしよう、と思っておびえてその場から動けなくなった。
『メイベル！』
『おねえちゃん！』
『ここにいたのか、遅いから心配したぞ』
姉、アイリスは大汗をかきながらメイベルに近寄ってくる。
妹がいなくなったことに誰より早く気づき、必死になって探してくれていたのだ。
『勝手にいなくなるな。どこか行きたいなら私に言え』

『ごめんなさい……』

アイリスは微笑むと、ぎゅっとメイベルを抱きしめる。

不安がる彼女を、慰めるように、優しく。

『おまえが無事でよかった。さ、帰ろう』

『うん！　ありがとう、お姉ちゃん！　だいすきー！』

『ふふ、私もおまえが好きだよ』

在りし日のアッカーマン姉妹は、とても仲が良かった。

彼女たちはまだおのれの体に秘めた力と運命に気づいていなかったからだ。

そしてとある事件が起きる。そのせいでふたりの関係は、今のようになってしまったのだった。

☆

「ん……？　ここは……」

メイベルが目を覚ますと、見知らぬ場所にいた。

彼女はすぐさま状況を理解する。自分は魔蟲に連れ去られたのだ。

すぐさま逃げようとする。だが彼女の両腕両足は、体の後ろで拘束されていた。

逃げられない。自分は捕まったのだと理解する。

「…………」

自分はこれからどうなってしまうんだろうか、という不安が胸に去来する。

敵につかまって、殺されてしまうのではないか、という恐怖がじわじわと侵食してくる。

「ガンマ……みんな……おねえちゃん」

助けてほしい、と言いかけて、しかし言葉を飲み込む。

いつまでも甘えていてはいけない。自分は帝国軍人のひとりなのだ。

助けを待つだけの一般人では、ない。

「……錬金」

メイベルは杖を用いず、詠唱も用いず、錬金の魔法を発動させる。

地面がぼこりと隆起し、小さな土の人形ができた。

人形たちはメイベルを拘束してる縄をほどこうとする。

触媒たる杖がないため、あまり大きな魔導兵は作れないが、それでも触媒なしでこれほどの精度で、錬金を行えるのは規格外と言えた。

ほどなくして、人形たちは縄をほどき終える。

メイベルは立ち上がって、周囲を見渡す。

洞窟のなかのようであった。四方を地面に囲まれており、近くには無数の巨大な卵があった。

「なに、これ……？」

卵のなかには人型のシルエットが浮かんでいる。

よく見ると、人間ではないことがわかった。

「ひっ、化け物！」

なかにいたのは人間ではない。だが魔蟲族でもない。

人間のパーツに、無理やり魔蟲のパーツをくっつけたような、そんなちぐはぐさを感じられるもの。

「化け物とは失礼だな、嬢さん」

「だ、だれ⁉」

そこにいたのは、ひょろながい長身の男だった。

桃色の長い髪を無造作にまとめ、作務衣を着ている。

そのシルエットは、誰かに似ていた。

「リヒター、隊長？」

「ん？　ああ、まあ知ってて当然か。同じ帝国軍人らしいし」

技術開発に協力している、蜜柑隊の隊長リヒター。その彼女に似てる雰囲気の男は、どうやらリヒターと既知のようであった。

「私はジョージ。蟲師をやってる」

「ジョージ……むしし？」

「略称だ。蟲たちの技術師ってところかな」

桃髪の男からはまったく殺気を感じない。

オスカーやガンマの持つ、武芸者としての風格も持ち合わせていない。

技術者なのだろう、彼が自称したとおり。

とはいえ、自分は魔蟲につれさられ、今ここにいる。ということは、この男もまた魔蟲側の人間、つまり敵と言えた。

メイベルはすかさず自分の懐に手を入れ、折りたたみ式の杖を取ろうとする。

だが、しまってあった杖がどこにもない。

「回収させてもらったよ、君の黒い杖はね」

「！　リヒターさんの杖……返して！」

「それはできないな。だって逃げちゃうでしょ、君」

杖がなければ、敵と戦える魔導兵を作ることができない。

となるとここからの脱出も不可能だろう。彼の言うとおりだった。

「しかしリヒターのやつが作ったのか。ははは、魔蟲の素材で武具を作るとは、なかなかやるじゃないか。参考にさせてもらおう」

と、そのときである。

『ぎ……ぐぎ……ジョージ』

「ん？　おお、ドラフライ。どうしたんだい？　そんなボロボロになって」

ジョージたちの前に負傷した魔蟲族……ドラフライが現れたのだ。

武器がない状態での魔蟲族との接敵。メイベルは緊張で息をのむ。

だがジョージは恐れてる様子はない。どういうことだと、困惑するメイベル。

『人間の、ゴミ武器にやられた……』

「ほーう！　それは興味深い。ちょっと傷を見せてくれないかい？」

そういってドラフライがおとなしく従う。

ジョージはピンセットでドラフライの傷口から弾丸を摘出する。

「なるほど、魔蟲の素材で弾丸を作る、ね。面白い」

『ごたくはいいからさっさと、いつもどおり治せ！』

「まったく君たち魔蟲族は、こういった科学の素晴らしい進歩にてんで興味がないね」

いつも？　なんだ……その、日常会話は。まるで長い付き合いの、同僚みたいな気安さじゃないか。メイベルの心のなかに、ジョージに対する疑惑が持ち上がる。

ジョージは注射器を取り出し、ドラフライの腕に謎の液体を注入。

すると、魔蟲族の穴の開いた体があっという間に修復されたのだ。

「！　まさか……そんな……」

明らかに治療行為だ。人類の敵を、治していた。これはもう、確信的だった。

『おいジョージ。その女どうするんだ？　食っていいか？』

「だめに決まってるだろう。大事なお客さんだ。食べたいなら、あっちに美味しい試作品があるから、そっち食べてくれよ」

ち、と舌打ちしてドラフライが出て行く。

メイベルはこのやりとりを見て、ジョージに問いを投げつける。

「……あなた、人間ですよね？」

戦えない自分にできることは、せめて敵側から情報を引き出すことくらいだ。

魔蟲側にも人間の協力者がいる。これは、大きな価値のある情報である。

「そうだよ。見てのとおり」

「なんで魔蟲に協力するんですか？」

人類の敵にたいしてフランクに接していた。そして傷ついた敵を癒やしていた。

どう見ても、人類に対する敵対行為である。しかも実験に付き合え？

なんらかの取引していることは明確であった。

「端的に言うなら、そう……面白いから、かな」

「は？　面白い……？」

何を馬鹿なことを言ってるのだろうか、この、ジョージという男は。

「蟲どもは人間と違い、多種多様な進化の可能性を秘めている。外敵が強ければ強いほど、蟲は過酷な環境に適用しようと進化する。あるときは外敵を食らい、あるときは、環境への適応の過程で、人間では想像もできない進化を及ぼす。それが面白いんだよね」

「だから、魔蟲側に協力してると？」

「そう。私の知的好奇心を彼らは満たしてくれる。彼らは私の技術力を求めてる。ギブアンドテイク。良好な関係を築けている」

「じゃあ、この卵のなかの人間たちは、あなたが……？」

「ああ、私が作った【改造人間】さ」

「かいぞう、にんげん？」

「魔蟲の細胞を人間に移植して作られた人間だよ。うまくいきゃ通常の人間が魔蟲族並みの力を発揮する」

卵のなかには異形種となった人間たちが眠っている。

こんな姿に変えられたら、もう人間社会では生きていけないだろう。

「なんで、こんな残忍なことができるんですか？」

怒りで声が震えていた。

軍人である彼女からすれば、たとえ名前も知らない相手だろうと、困っていたり、苦しんでいる人がいたら助けるし、彼らに理不尽な仕打ちをする存在を決して許せない。

「残忍とは失礼だな。実験だよ。大いなる革新のための必要な犠牲。君たち帝国だって、同じようなことしている。君たちの満ち足りた暮らしのために、いったいどれだけの犠牲が強いられてきたのか、君は知ってるのかい？」

「知らない……けど！　この人たちを無理やりさらってきて、実験体にするのは間違ってる！」

「平行線だね。君はどうにも大局的な視点に欠けてるらしい。ああ、リヒターもそういえば君と同族だったね。まったく、せっかく兄妹で力を合わせようと手を差し伸べたのに、彼女ときたらやれやれ……」

ジョージの口ぶりから、どうやらリヒターの兄であることがわかった。

リヒターは人類の平和のために力を尽くしているというのに、この男は、自らの面白いという個人的な感情のために、他者の命をもてあそぶ。

そして、それを何とも思っていない。

「吐き気を催す邪悪とはあんたのことね！」

だがジョージはまったくショックを受けている様子はない。

けろっとした顔で言う。

「君から見たらそうかもしれない。だがそれは君の単なる感想にすぎない。私は誰に何と言われようと、私の信じる道を進む。そのためなら何百何千何万もの命を犠牲にできる」

ゆるぎないまっすぐな瞳。

目の奥にあるのは、強い意志の光。だが、どす黒く輝く悪の光だ。

「さて、と。おしゃべりはこれくらいかな。どうやら君のお仲間が助けに来たようだ」

ジョージは懐から魔道具を取り出す。

板状のそれをメイベルに向かって見せる。

遠くの映像を映し出す魔道具のようだ。

「ガンマ！　それに……お姉ちゃんまで……」

胡桃隊のみんなは必ず助けに来てくれると、思っていた。けれど、姉がこの場にいることは意外だった。

自分のことを嫌っていたはずだったのに……。

「おねえちゃん……どうして……」

「アイリス・アッカーマンはどうでもいいんだ。私が興味があるのは、ガンマ・スナイプ。彼の存在だ」

「ガンマの……？」

「ああ。どうにも彼は人間離れした目と射撃の腕を持っている。通常の人間ではありえない」

リヒターもガンマに興味を示していた。兄妹科学者が、そろって注目している。

「そんなに、ガンマはすごいの？」

「ああ、すごいってもんじゃない。私の推測では、彼はこの世界で唯一無二の存在さ。なぜなら……おっと」

ドガンという爆発音とともに、地面に大穴が開く。

メイベルはそれが、ガンマの放った魔法矢であることに気づいた。

「メイベル！」

「ガンマ！　それにお姉ちゃん！」

穴から出てきたのはガンマとアイリスだった。助けに来てくれたことが、純粋にうれしかった。

「この地下迷宮は、複雑で初めて来た人は必ず迷う。トラップも各所にしかけていたのに、どうやってここがわかったのかな？」

ジョージからの問いかけに、ガンマが冷静に返す。

「魔法矢でメイベルの居場所はわかっていた。それに、俺に罠は無意味だ。俺には見えるんだ、いろんなもんがな」

「なるほど、トラップをここにしかけよう、という敵の悪意を君は肌で感じたわけだ。はは！　やはり君は素晴らしい、最高の実験体《モルモット》だ！」

ジョージはさっきまでの冷静さを失っていた。まるで新しいおもちゃを見つけてはしゃぐ子供のようだった。

一方でガンマは実に冷静だった。すさまじい速さで魔法矢を、ジョージめがけて躊躇なく放つ。

だが、途中で魔法矢がはじかれる。

「ぜひとも君を捕まえたい。ということで、改造人間くんたち、あとは任せるよ」

卵の殻を破って、なかからジョージが作った改造人間たちがはい出てくる。

部屋中にあった卵から孵化したので、ものすごい数だった。

「改造人間1体で魔蟲族並みのスペックを持ってる。その大群を前に、君たちふたりだけで果たして対処……」

バシュ！　という音とともに、改造人間たちの一割程度が、一瞬で消し飛んだ。

ガンマの魔法矢だ。彼は一瞬で矢を放ち、敵が知覚できないスピードで狙撃したのである。

「獣が何匹いようと関係ない。俺は狩人だ。人間に仇なす害獣は、俺がすべて駆除する」

☆

アイリス・アッカーマン。彼女はかつて、ごく普通の女の子であった。

アッカーマン家の令嬢として生まれ、英才教育を受けていた。

その後妹が生まれて、仲睦まじく暮らしていた。

自分に土魔法の才能がないと判明した後も、妹との仲は良好だったと思う。

アイリスの代わりに当主となったメイベル。そんな彼女を支えてやらないといけない。

そんな使命感にあふれていたのだが……ある日、事件が発生する。

我が家に強盗が入ったのだ。両親が不在のタイミングで、謎の襲撃者たちがメイベルを狙ってきたのだ。

『メイベル！　メイベルをはなせぇ！』

妹を助けるべく、襲撃者に無謀な戦いを挑んだ。しかし、彼女の未熟な魔法では、相手にまったくダメージを与えられなかった。

連れ去られようとするメイベル。自分に才能がないから……妹が奪われてしまう。

そんなときだった。

『悪党だなぁてめえ。じゃあぶっ殺していいよなぁ？』

突如として、謎の剣士が現れたのだ。後に、その女が帝国の最終兵器、ＳＳ級隊員のひとり、剣聖であることが判明するのだが……。

閑話休題。

どこからともなく現れた剣聖が、あっという間に敵を殺してしまったのだ。

妹が助かってよかったと、涙を流すアイリス。メイベルは魔法で眠らされていた。

『あーあ、手応えのねえゴミだったなぁ』

剣聖は、事切れた襲撃者にたいしてそう吐き捨てた。ゴミ……。

あんなに強い襲撃者を、こいつはゴミだと断じた。じゃあ、それに負けた自分は……？

『………ゴミ以下だ』

だめだ。こんなのではだめだ。

もっと強くならないと。あの剣聖のように、強くならないと。

妹を守れないじゃないか。

……あの日出会ったSS級隊員の姿と強さ、そして何もできなかったという悔しさが、今でもアイリスの脳裏には焼き付いてる。

そんな、圧倒的な強さの剣聖と、同格の強さを持った少年が現れた。

ガンマ・スナイプ。

彼は敵陣のなかであるというのに、すさまじい力で敵を瞬殺していった。

アジトに入ってから、妹のもとへ到着するまで、彼は襲い来る敵を次から次へと打ち抜いていった。すさまじい強さ。まさに、剣聖に匹敵する、いや、それ以上の怪物。

……アイリスは改めて、ガンマの強さを痛感させられたのだった。

☆

俺、ガンマは連れ去られたメイベルの救出に、合宿所から離れた洞窟へとやってきた。

「メイベル……！」

アイリス隊長は妹に駆け寄って、ぎゅーっと力強く抱きしめる。

「お姉ちゃん……」

「けがはないか⁉　ひどいことされてないか⁉」

本気で心配するアイリス隊長からは、確かに、家族の愛情を感じさせられた。

やっぱりこの人は、妹のことを大事に思ってたんだ。

「うん……大丈夫、大丈夫だから……」

「そうか……よかった……よかったよぉ……」

メイベルは驚いたものの、姉が心配してくれたことがうれしかったのか、目に涙をためてぎゅっと抱きしめた。

「ありがとう……お姉ちゃん。それに、ガンマも」

「どういたしましてだ」

アイリス隊長が妹の抱擁をとく。

「何があったの、今まで？」

メイベルに、ここに至るまでの経緯を、マリク隊長から聞いた話も含めて説明する。

あの夜、マードが急に訪ねてきた。

様子がおかしいと思っていると、急に暴走。建物を破壊したあと、メイベルを連れて行った、とのこと。

胡桃隊全員で救出に向かおうとしたが、そこへ別の魔蟲族がやってきた。

敵は魔蟲の援軍を率いていた。

マリク隊長たちは俺とアイリス隊長にメイベル救援を任せ……。

今、俺はここにいるってわけだ。

「あっちは、大丈夫なの？」

「問題ない。隊のみんながいるしな。だから……あとはここをぶっ潰せば終わりってわけだ」

俺たちの周りには、奇妙な化け物たちがいる。

そいつらは人間……ではない。

体の一部や、頭が、魔蟲になっている化け物だ。

「ガンマ、あれは改造人間だって。魔蟲の組織を強制的に埋め込んで作られたって……」

「そのとおり。初めましてガンマ・スナイプ君。私の名前はジョージ・ジョカリ。蟲師《むしし》をしている」

ジョカリ……。

リヒター隊長と同じ名字だ。

「私は魔蟲族側に与し、生物の進化の研究をしている。特にガンマ君……君には非常に興味がある。どうだろうか、私のもとに……」

バシュッ……！

俺はジョージの体を魔法矢で射貫いた。

頭部だけになったジョージが、どさっと地面に落ちる。

「死んだの……？」

「いや、手応えがなさすぎる。たぶん、ダミーだろう」

『正解さ』

どこからか、ジョージの声が響いてくる。

『まさか魔蟲族の幹部が、おめおめと現場に出てくるわけないだろう？　そこで死んでるのは私の作った自動人形《オートマタ》さ』

生物の気配を感じさせないと思ったが、どうやら本体じゃなかったらしい。

『さてどうするガンマ君。そこは敵地のど真んなかだ。周りには改造人間たち。さらにそこは魔蟲の巣の一つだ。今まさに穴から出てきた魔蟲たちが、君たちを捕食しようと大群で襲いかかってくる』

なるほど、改造人間以外の敵の気配は、そういうことだったのか。

『そこのか弱いお嬢さんふたりを守りながら、改造人間と魔蟲の波状攻撃に、果たして君は耐えられるかな？』

「何も、問題ない」

俺の手には、黒い弓。

魔蟲の素材で作られた、新しい武器が握られている。

今までの俺は、体に合っていない弓を使っていた。

だから、俺は全力を出せずにいた。でも……今の俺は違う。

「アイリス隊長、メイベルと一緒に俺の影に潜っててください」

「……貴様はどうする？」

「ちょっと、荒っぽいことします」

俺ひとりで戦うという宣言に、アイリス隊長は戸惑う。

この大軍勢を前にひとりで挑むなど、本当は無謀なことだろう。

だが……彼女は俺の目を見て、信じてくれた。俺の力を。

「……わかった。頼むぞ」

「ガンマ……！」

姉に抱きしめられ、影のなかに沈みながら、彼女が俺に言う。

「大丈夫、だよね！」

「ああ。問題ない」

俺が笑いかけると、彼女もまた少しだけ、笑ってくれた。

アイリス隊長は影の魔法を発動させ、俺の影のなかに消える。

残されたのは俺ひとり。周りには大量の改造人間。そして、数え切れないほどの魔蟲の群れ。

『ぎ、しし……ぎししぃ！　ガンマぁ……！』

「……おまえは」

改造人間のなかに混じって、妙な化け物が近づいてくる。

頭はトンボなのだが、そのお腹には、人間の顔があった。

「…………」

わかる。髪の毛がないけど、その憎たらしい顔つきは、紛れもなく……。

「マード、おまえ……」

『ぎししぃ！　お、おれ、おれはぁ！　ま、まま、魔蟲族を取り込んでぇ、ぎしし、最強になったんだぁ……！』

トンボの顔に見覚えがある。ドラフライって魔蟲族だろう。

取り込んだんじゃなくて、取り込まれたんだ。

『がんまぁ……！　ぎしし！　どうだぁ！　つよそうだろぉ……』

……しかしその目から、つつぅ……と涙が流れ落ちる。

『なぁ……つよく……なったからさぁ……戻ってきてくれよぉ……なぁ……おれらが、弱いから……戻ってきてくれないんだろぉ……』

……マードの涙は、本物だった。

よく見れば、そのキメラと言うべき魔蟲族の周りには、マードの仲間たちが、改造された姿で立ち尽くしている。……わかってる。これは、精神攻撃だ。

『おねがいだよぉ……がんまぁ……ゆるしてくれよぉ……おれらがわるかったよぉ……』

仲間の涙に……俺は一瞬手が鈍った。

ざしゅっ！

『ぎゃーーーーはっは！　おばっかさーん！』

ドラフライが口を開いて、肩の肉の一部を食い破ってきた。

一瞬対応が遅かったら、首を取られていただろう。

『こーんな単純な手に引っかかってよぉ！』

げらげらとドラフライが笑う。お腹に浮かんでいるマードもまた笑っていた。

……だが、涙を流していた。……俺は目がいい。

だからわかるんだ。彼も、そして仲間たちも自分の意思を奪われている。

でも自我が消滅したわけじゃない。その涙は本物だ。

そして、さっきの言葉も、本物だ。

「………」

マード。おまえ今更謝るのなんて、遅いんだよ。おまえら、俺にひどいことを言って、追い出したじゃないか。

……なんで泣いてるんだよ。くそ。

『油断大敵だぁ！　しねえ！　がぁ……！』

ドラフライの体が麻痺して動けなくなる。

『て、てめ……いつの、間に……？』

「一瞬で、麻酔の矢を打ち込んでたんだよ。なあ……マード。おまえは最後まで信じてくれなかったみたいだけど、俺は本当に、目に見えない速度で矢を打てるんだよ」

俺の言葉が通じているかわからない。でも、今のこの一撃は、痛みを伴って、彼に、そして……後ろの彼らにも伝わっていてほしい。

『か、改造人間どもぉ！　何ぼさっとしてるんだ〃？　早くこいつを殺せぇ！』

「無理だよ。全員麻痺してる」

『そん……な……』

マードの仲間を含めた改造人間たちにも、俺は一瞬で矢をたたき込んでいた。

彼らの目が見開かれてる。ドラフライの腹に浮かんだ、マードが呆然とつぶやく。

『す、げえ……』

それに続くように、仲間たちもすげえすげえって言ってくれた。

多分魔蟲族の体に取り込まれたことで、視力が強化でもされたのか、やっと……俺の矢が、見えたんだろう。

「…………」

一言でもいい。どうして、そのすごいって言葉を、俺にかけてくれなかったんだよ。

それだけで……俺は、頑張れたのに……。

「…………」

だが、もう遅い。俺たちの道は分かたれたのだ。

『お、おれを殺す気かぁ⁉ やれるもんならやってみろぉ！ お仲間の命が惜しくないならなぁ！』

ドラフライの顔面にだけ、矢を打ち込んで黙らせる。

「マード。それに、みんな。最後に俺を、信じてくれるか」

俺には秘策がある。

正真正銘誰にも見せたことのない、一撃がある。

その矢を放てば、すべてが解決する。だが、逃げないことが絶対条件だ。

「なあ、マード」

『……わかった、やってくれ』

「ふぅ……よし」

俺は、頭のなかを切り替える。

「じいちゃん……あの力、使うよ」

俺は黒弓を手に、思い切り弦をはじく。

今までは、出せなかった全力。

右手に魔力を全集中させる。

ごぉおお……！　と激しい銀色の光があたりを照らす。

『なっ、なんだこれは⁉　この魔力量は⁉』

『すごい……これが……ガンマの魔力量……こんな、膨大な魔力を体に秘めてたなんて……』

俺の右手に魔力が集中していく。

それは一本の魔法矢へと変わった。

太陽のような、激しい光を放つ魔法矢。

それは今まで放つことのできなかった、俺の全力全開の一撃《マックス・ショット》。

麻痺が解けて魔蟲、改造人間たちが襲ってくるなかで……俺は、放つ。

すべてを浄化する、破魔の矢を。

「【破邪顕正閃《はじゃけんしょうせん》】」

放たれた矢は光となって、周囲に広がっていく。

聖なる光は俺の周囲にいる邪悪なるものを、すべて消し飛ばしていく。

すさまじい光だ。

敵の体が触れた瞬間、消し炭になる。

光を遮ることはできない。

俺たちの立っている地面さえも、この破滅の光は削り取っていく。

洞窟は内側から、強いエネルギーの奔流によって崩壊していく。

なかにいた改造人間、魔蟲、そのすべてを無に帰していく。

遠くでこの光景を見ているやつらからすれば、天を衝く、巨大な光の柱に見えるだろう。

あるいは、天を貫く巨大な光の矢に見えたかもしれない。

破邪顕正閃。

俺を中心として、周囲にあったすべてを消し飛ばす、破滅の光を魔法矢にして飛ばす、俺の使える最強の奥義。

この光が収まった後……。

洞窟は、消えていた。

森のなかにあった洞窟だったけど、森の木々もすべて消え去っている。

空を覆っていた雲も、光を受けた部分だけはなくなり……。

さらに、月の一部が欠けていた。

どうやら運悪く、破滅の光を浴びてしまったらしい。

荒野にひとり立つ俺の影から、メイベルとアイリスが出てくる。

ふたりは抱きしめ合って、この光景を見ていた。

「今のが……貴様の、本気か？」

「ん。いや……」

ぴしっ、ぴきぴき……ぱきぃいんん！　と。

リヒターさんからもらった黒弓が、粉々に砕け散ってしまった。

「この弓でも、俺の全力には耐えられなかったよ」

「すごい……こんな、周りを荒野にしちゃうくらいの一撃で……まだ、全力じゃないなんて」

呆然とするメイベルたち。

「う……うう……あれ……？　ここは……？」

「！　が、ガンマ……この人たち！」

ちょっと離れたとこに、裸の人間たちが横たわっている。

改造人間にされていた、人間たちだ。

「どうして……全部を破壊するんじゃないの……？」

「いや、違う。あれは破魔の矢だ。邪を払う神聖なる矢に、人間は、殺せないんだよ」

あの一撃に、人間にたいしては殺傷力は持たない。

マードたちに埋め込まれた魔蟲族の細胞だけを浄化したのだ。

「ガンマ……おれ……おれは……おまえに……ひどいことしたのに……助けてくれたのか？」

正直、わだかまりが消えたわけじゃない。されたことを忘れることはできない。

それでも、俺は彼らを助ける選択をした。だって、俺は……。

「当たり前だ。弱い人を助ける。俺は……軍人になったんだからな」

マード、そして仲間たちが涙を流して頭を垂れる。もう道は違えて元には戻らない。

でも……彼らを助けられて、良かったと思う自分がいた。

そこへ……。

「おーい！　ガンマ！　メイベルぅう！」

魔導バイクにまたがった、マリク隊長とオスカーだった。

どうやら向こうの戦闘も無事終わったようだ。

バイクが俺たちのもとへ止まると、マリク隊長たちが慌ててかけよってきた。

「おいなんだよ、あの天を衝くような光の柱は！」

「ここら一帯が吹き飛ばされてたよ！　敵の攻撃かい⁉　無事かい⁉」

どうやらふたりは、敵がやったものだと勘違いしてるようだ。

俺はふるふると首を振って答える。

「大丈夫です。敵は俺が消しました」

そう、もう敵はいないんだ。マードのことも、もう敵とは思っていない。

「ありがとう……ガンマ……」

マードが涙を流しながら、頭を何度も下げる。

遠回しに、なっちまったけど……許してやった。

こいつらには、まあ、いちおう借りがある。

追放されたことで、俺は帝国軍に入ることができた。自分の居場所を手に入れることができたのだから。

だから、その分でおまえらを許してやるよ。

「…………」

一方で、隊長たちが周囲を見て、そして俺を見る。

何度も見返して、そして……言う。

「おまえ、やばすぎだろ……！」

まあ何はともあれ、敵の脅威を払うことに成功したのだった。

エピローグ

ガンマによって、魔蟲族の実験施設がまるごと消し飛ばされた。

それから数日後のこと。

そこは妖精郷と呼ばれる大森林。

帝国の北端に存在する森の、奥の奥に、その大樹は存在した。

黒く光る大木。葉は枯れ、もはや枯れ木としか言いようのないその木のなかには、数多くの蟲たちがうごめいていた。

リヒターの兄、ジョージ・ジョカリは体を覆う保護スーツに酸素マスクという重装備をつけた状態で、黒い木のなかに入る。

なかはきちんと整備されており、その優美な内装は、どことなく王宮を彷彿とさせられた。

木の最上部、その一番奥の部屋へと到着する。

門を守る魔蟲族たちの許可を経て、ジョージはなかに入る。

玉座に座るのは、人間に近いフォルムの蟲だ。

「ごきげんよう、魔蟲王《まちゅうおう》ベルゼブブ様」

ベルゼブブ。緑色の肌をした、ハエに近いフォルムを持つ、女だ。

「おなかのお子さんは、すくすくと成長しているかな?」

「ふ……無論じゃ」

ベルゼブブの腹は妊婦のように膨らんでいる。

そう、女王は身重であった。

ジョージは彼女に近づいて診察を行う。

彼は研究者であるが、医学知識にも長けていた。女王の主治医でもある。

女王から最も信頼されてる。

だから、人間であっても蟲たちのなかで暮らしていけるのだ。

ひとしきり診察を終えたあと、ジョージは言う。

「はい、バイタルは正常。この調子なら近く、お子さんは無事生まれることだろうね」

「それは良いことを聞いた。妾も早く我が子を抱き上げたいものじゃ」

女王ベルゼブブは愛おしそうに自分の腹をなでる。

ジョージは目を細める。母親の魔力、そして餌の生命エネルギーをため込み、女王の腹に住まう子どもには、すさまじい力が宿っている。

「(この子供が生まれたら世界は再び、魔の恐怖に包まれることは間違いない……そうすれば人間もより必死になって抵抗してくるだろう。そうすれば、蟲たちもより進化してくる……くく! なんていい時代に生まれたんだ、私は)」

ジョージはあくまでも己の好奇心を満たすため、蟲側に協力していた。

彼が見たいのは、生命が新しいステージに到達するその瞬間。

「ところで、貴様の実験とやらはどうなっておるのじゃ？　確か……改造人間とかは」

「極めて良好と言えるよ。兵隊蟲の提供、食料である人間を分けてもらってるからね。現在の王直属護衛隊を超える力を持った、新しい最強の護衛隊が用意できることだろうね」

「ふ……期待しておるぞ。妾の子を守る戦士だ。それにふさわしい強さを持った存在を作っておくれ。それが純粋な蟲でなくともよい」

現在の女王の護衛部隊も、決して弱いわけではない。

だがジョージが挑み、そして女王が期待してるのは、さらなる強さを持った最強の兵隊蟲だ。

「強い兵を作るのも、すべては我が子のため、か」

「無論じゃ。次に生まれてくるこの子は、我らが王がなしとげられなかった、世界征服という夢を託す存在なのだから」

ベルゼブブは魔王軍四天王のひとりだった。

だが魔王軍四天王、および魔王は、怪物と称される勇者ひとりの手によって滅ぼされた。

ベルゼブブはあのとき、かろうじて生き延びることに成功した。

そして、リベンジを誓ったのだ。今は負けてもいい、自分が勝てなくてもいい。

自分の意志を継いだ次代の王が、人間たちを下し、世界に闇をもたらせればそれでいい。

「遠くない未来で妾が生きておらずとも、この魔の遺伝子を継いだ蟲たちが、地上を征服しておれば、それでよいのじゃ」

女王の覚悟など、ジョージにとっては本気でどうでも良かった。

「ところでジョージよ、改造人間どもを消し飛ばした、人間がいると聞いたのだが」

「ガンマ君だね。彼は確かにすごい。人間を遥かに超えた、現在蟲たちの天敵と言えるよ」

「大丈夫なのか、そんな存在を野放しにしておいて」

「何も。彼の存在は、蟲たちをさらに大きく成長させるだろうからね。それにこちらは数で勝っている。いかにガンマ君が強かろうと、たったひとりだ。こちらに利はある」

ガンマ・スナイプ。

彼の放った、全力全開の一撃《マックス・ショット》。

あれは人間の出していい威力ではなかった。

改造人間をすべて消し飛ばし、そして周囲にあったものをすべて虚無の彼方へと葬った。

「(あの一撃、わずかだが神気を帯びていた。私の推測だと彼の体は……面白くなってきたな)」

ジョージは俄然、ガンマに興味が出てきた。

彼の内情なんて知らない女王は、彼に言う。

「しばらくはそちに、全軍の指揮を任せるぞ」

「お任せあれ。では、女王様。ごきげんよう」

彼はウキウキしながら部屋を出て行った。

魔蟲族たちはジョージを見ると、みな舌打ちをしたり、嫌な顔をしたりする。

そもそも人間にたいして彼らは信用していないし、好感を抱いていない。

だが彼の持つ技術力は、蟲たちに革新をもたらし、さらに女王のケアは彼にしかできない。

だから、その存在を許しているにすぎないのだ。

そんな蟲たちからの悪感情、女王の悲願など一切気にせず、ジョージは自らの企みを進める。

「(当面は彼を倒す、という名目で敵をぶつけ、データ収集をしまくろう。そして……作るんだ。私の手で、最強の改造人間を……あのガンマ・スナイプを超える、強い戦士を)」

強烈なまでの個人主義者。

それが、ジョージ・ジョカリという科学者の正体だった。

☆

一方、ジョージの妹である、リヒター・ジョカリはというと。

胡桃隊たちとともに、帝都へと戻っていた。

自分の研究室にて。

「まったく、兄さんも、恐ろしいことを考えますねぇ。まさか、人間と蟲の融合とはねぇ」

あの合宿の日、襲撃してきたのは、人間に蟲の細胞を移植させた、いわば改造人間とでも言うべき存在だった。

あとでガンマから聞いたところによると、彼はマードという名前らしい。

メイベルを連れ去った後、ドラフライという魔蟲族とともに、マードもまた襲撃を仕掛けてきた。

そして……。

「リヒター。調子はどうだ？」

「おー、マリク隊長さん。このたびは災難でしたねぇ」

リスの姿の隊長、マリクが、ぽてぽてと歩きながらやってきた。

リヒターの肩に乗って、それを見下ろす。

「検体の採取にご協力ありがとうございました」

「こいつが改造人間……か」

研究室のベッドで眠っているのは、改造人間の失敗作だ。

彼の右腕は完全に魔蟲族のそれ、外皮に包まれた異形な手を持っている。

リヒターはどうしても、改造人間のサンプルがほしかった。

更地になってしまった研究施設を探し回って、やっとこの失敗作を見つけることに成功したのである。

「人間としての意識は、あるのか？」

「ええ。どうやら改造人間になると、精神を操られるようになるみたいですねえ。。蟲どもはテレパシーのようなものを使うみたいです。その受容体は取り外しておきましたぁ」

「そうか……まあ、うまく使ってやってくれ」

リヒターは失敗作の死体を見てため息をつく。

「それにしても、蟲どもはドンドンと進化してきますねぇ。改造人間なんてものを作るなんて」

ぎゅっ、リヒターが下唇をかみしめる。

彼女はガンマから聞いていた。敵側に、自分の兄ジョージがいることを。

マリクもまた報告を受けている。自分の兄が敵側に与してるとなると、彼女もショックだったろう。

「リヒター。おまえ……」

「素晴らしい！　さすがお兄様……！」

「は？」

むしろ、喜んでいるリヒターを見てマリクはポカンとする。

彼女はうれしくてたまらないといった表情で言う。

「人体と魔蟲の融合が可能ということは、人間の細胞と魔蟲の細胞は似てるってこと！ これを利用してより強力な武具を開発できれば……ひっひ！ 燃えてきましたねぇ……！」

「いや、あの……リヒター？ おまえ……いいのか？ 兄貴が敵側についてるんだが……」

「なにが!? お兄様をいつか超えたいってボク、ずぅうっと思っていましたから！ これはいいチャンスですよぉ！ ひひ！ 見てなよお兄様ぁ……！ ボクはあんたを超えてみせる、そんで、泣いてひれ伏させてやりますからねぇ……！」

どうやらマリクの杞憂だったようだ。

この女は、自分の兄に対抗意識を燃やしているらしい。

さらに燃えて、これからも魔蟲との戦いに尽力することだろう。

「ま、向こうにお兄様がいるのなら、これからどんどん蟲どもはやっかいな方向に進化していくでしょうねえ」

「鍵となるのは、やはり……ガンマか」

「ええ。彼が人類の希望であることは、まず間違いありませんねえ……」

「より早く、より硬く、翅と外皮をもつ蟲に対抗できるのは、あの規格外の狙撃力を持つガンマだけだからな」

敵の心の動きすらも感じ取れる異常な目の良さ。

最後に見せたあの光の矢。

魔蟲の外皮で作った武具を壊すほどの筋力。

「どれもが、対魔蟲用に、しつらえられたような存在ですねぇ。彼は」

あれだけの狙撃手が、今この時代に生まれた。

そこに偶然ではなく、何か必然性のようなものを、マリクたちは感じていた。

「ああ。あいつの過去も、一度洗ってみる必要がありそうだな」

「そちらはお任せしますよぉ。ボクは魔蟲をぶっつぶし、お兄様にぎゃふんと言わせるすんごい兵器を開発しますのでぇ」

ジョージにリヒター。ふたりの天才科学者が、それぞれの陣営に進化をもたらす。

それにより、魔蟲と人間の戦いが、さらに加熱していくのだった。

☆

改造人間の巣をぶっ飛ばしてから、一週間が経過した。

俺、ガンマ・スナイプは帝都の病院に入院していた。

「よ、ガンマ」「やほー！」

「マリク隊長……メイベルも」

個室のベッドに横になってると、赤髪の魔法使いメイベルが入ってきた。肩の上にはリスのマリク隊長が座っている。

「筋肉痛のほうは、治ったか？」

「まあ……大分楽にはなりました」

さて、なぜ俺が帝都の病院にいるかというと……。

マリク隊長の言うとおり、筋肉痛だった。

全力全開の一撃を決めた後、俺はその場に倒れた。

体が痛くて、一歩も動けなくて、あ、これなんかの病気か…と思ったら、まさかの筋肉痛。

「生まれて初めて、神威鉄以上に硬い魔蟲性の武器をぶっ壊すほどの膂力を発揮して弓を引いたんだ。筋繊維がぶちぶちに切れてもしかたない」

「いやでも……ほんと良かったよ。しばらくひとりで動けなかったもんね～」

「ああ、その節はみんなに、お世話になったよ。ありがとう」

病院に運び込まれて、動けない俺をメイベルをはじめとした胡桃隊のみんなが、介護してくれた。

……そして。

意外なことに、アイリス隊長も。

「メイベル。あのあと、お姉ちゃんとはうまくやってるか？」

俺からの問いかけに、メイベルは笑顔でうなずく。

「うん！　今ではすっかり仲良しだよ！」

「そうか……良かったよ」

「ありがとう、ガンマ！」

「いや……俺はなんもしてないさ」

「ううん。そんなことない。ガンマがいなかったら……大好きなお姉ちゃんといつまでも、仲直りできなかったもん……」

メイベルの瞳に、一筋の涙がこぼれ落ちる。

本当に、うれしいんだろう。良かった……。

「お、なんだ？　ちゅーでもするのか？　おれはお邪魔かい？」

「し、しし、しないよちゅーなんてー！」

メイベルは立ち上がると、俺を見て笑いかけて言う。

「ガンマ、退院っていつ？」

「来週には復帰できるみたい」

「そか！　ならお祝いしないとだね！　お店予約しておくよ！　みんなで焼き肉パーティだ！」

みんなで……か。

いろいろあったけど、やっぱり胡桃隊のみんなが、俺は大事だ。

俺は、これからも……あそこで頑張りたい。

「ああ。楽しみにしてるよ」

「うん！　じゃーねー！」

メイベルが帰っていく。多分任務があるのだろう。

マリク隊長はひとり残って、ベッドの上に乗ってる。

「さて……ガンマ。マードの処遇なんだが……」

改造人間にされていたマードはというと、リヒターさんのところで保護されてるそうだ。俺の破魔の矢を受けて人間には戻ったけど、でもまたいつ暴走するかわからない。魔蟲族の細胞が完全に取り払われて、その影響が完全にないと断定されるまでは、仲間たちとともに拘束される羽目となったらしい。

すぐには、人間社会には復帰できない、とのこと。

まあ、あいつらにたいしてあまりいい感情は抱いていない。だから、どうなろうと関係ない。けど……。生きてて良かったって、思ってる自分がいる。

俺が軍人だからか、あるいは、あいつらの元パーティメンバーだからなのか。

深くは考えないでおこう。どっちにしろ、もう俺はあいつらと関わる気はないんだから。

それより気になることが山ほどある。

「……ジョージ・ジョカリは、なにが目的なんでしょうね。改造人間なんて作って」

初めて相対したとき、ジョージはなんかいろいろ言っていた。

だが俺には理解できないことばかりだった。

何を考えてるのか、さっぱりわからない。そもそも人間のくせに、なぜ魔蟲に与するのか……。

「ま、それはこの先、戦っていけば自ずとわかるだろう」

「魔蟲族との戦い……」

「なんだ？　怖じ気づいたのか？」

「まさかでしょ」

俺はベッドサイドを見やる。この一週間、胡桃隊の面々がおいていったものがあった。

レコード、果物詰め合わせ、えっちな写真集、誰でも簡単魔導人形《ゴーレム》作成キット、そして……胡桃とくるみ割り人形。

「俺はこれからも、害虫を駆除していきますよ」

「ふ……そうか。ああそうだ、これおまえに渡しておくわ」

マリク隊長は懐から封筒を取り出して、俺に手渡してくる。

マードをはじめとした、黄昏の竜たちからの、謝罪文が入っていた。

【自分勝手なこと言ってごめん】

【おまえを認めてあげられなくってすまなかった】

【今までおまえのおかげで、夢見れたよ。ありがとう】

……そして、最後に。

【ごめんな、がんま】

マードからの、メッセージ。……俺へのシンプルな謝罪文。

あいつは……反省してるみたいだ。

「どうする？　返事はリヒター経由で伝えられるが？」

「そうですか。じゃあ……一言だけ」

俺はマリク隊長に、笑いかけて言う。

「もういいよって、伝えておいてください。俺はもう、幸せだから」

もう二度と、俺たちの道は交わらないだろう。

でもしょうがない。道は分かたれた。

過去を変えることは誰にもできないんだ。

「そっか。じゃあ伝えておくよ。またな、ガンマ。ちゃんと治せよ」

「ええ、また」

マリク隊長はぴょんとベッドから下りると、そのまま出て行った。

俺はふと、手紙が、もう一通あることに気づいた。

黒い封筒に入った、黒い便せん。

なかを開けると、そこには一言。
【早く元気になってくれ。おまえに、話したいことがたくさんある。ありがとう】
俺が手紙を読むと、黒い手紙は便箋ごと消えてしまった。
影で作られたものだったのだ。
俺が読むと消えるように、作られていたのだろう。
誰が送ったのかなんて、わかってる。
なんでこんな手段で、お礼を伝えてきたのかも。
「さて……さっさと体、治さないとな」
いろいろあった。
パーティを追放されてから、今日まで。
たくさんのつらいことがあった。
たくさん失ったものがあった。
けれど……俺は今、満ち足りている。
人生、生きてりゃ失うことも多いけれど、ただ失うばかりじゃあない。
こうして今まで手に入らなかったものが、手には入るかもしれない。
だから……人生は楽しいんだ。
「がんばろ、これからも。大変だろうけど……みんなのために、頑張ろう」

おまけ　部隊みんなでプール

合宿での戦いを終えてから、数日たったある日のこと。

「ひゃほおおおおお！　プールだプールだぁああああああ！」

俺たち胡桃隊の面々は、帝城内の室内プールとやらに来ていた。

教練室《トレーニングルーム》の一つらしい。

泳ぐことで全身の筋肉が鍛えられるから、とかなんとか。

大きな浴槽のなかには水がなみなみと入っている。

手を突っ込んでみると、少しぬるめの水が張られていた。

「……海みたいだ。部屋のなかにこんなもの作れるなんて、帝国の技術力はすごい」

「おいおいガンマよぉ！　テンションひっくいぞぉ！」

リスのおっさんこと、マリク隊長が俺の肩に乗ってくる。

サングラスはいつもどおりなんだけど、海パンをはいていた。

……いやあんた、普段下半身まるだしじゃない？

こんなときだけパンツはくの……？

「そうだぞぉ兄弟《ガンマ》！」

こちらも海パン一丁の男、同僚のオスカー。

こいつもサングラスをかけている。長い髪をポニーテールみたいにしていた。

遠目に見れば美形なのだが……。

「プールといえば水着美少女！　我が部隊の女子ズたちの、麗しい水着姿を拝めるのだ！　もっとテンションを上げていきたまえよ！」

……さてなんでプールに来ているのかというと。

先日の襲撃事件があった関係で、合宿ができなかった。

まあしょうがないとは思うが……不満を述べたのがこの二名。

『せっかく海合宿だったのに！　泳ぎたい泳ぎたい泳ぎたいぃいいいいい！』

とごねまくったのだ。結果、合宿所ではできないが、帝都内の施設で泳ごうとなった次第。

「お待たせ〜！」

プールサイドで待っていると、女子チームが着替えを終えて姿を現す。

一番に来たのはメイベルだ。

髪の毛と同じ、真っ赤なビキニを着ている。

……大きいな。胸。普段あんまり薄着してなくても、大きいってわかるその乳房が、今は惜しみなくさらされている。

……い、いかん。よこしまな目で見てはいけない。

「ど、どう……かな？」

「「さいこーっす！」」

隊長とオスカーが元気よく答える。

メイベルはジトッとした目をふたりに向け、ため息をつく。

「あんたたちには聞いてない！」

「「ひどいっ！」」

ってことは……俺に聞いてたってこと、か？

水着姿のメイベルは、普通に……その。

「に、似合ってるぞ……」

「ほんとっ？　わーい！　やったー！」

ぴょんぴょんと飛び跳ねるたびに、その豊満な胸が揺れ動く。

……正直、目に毒だった。

「あら～？　楽しそうじゃないのみんな♡　お姉さんたちおいてそんな盛り上がっちゃ駄目じゃなーい？」

「…………」

軍医のリフィル先生と、シャーロット副隊長が水着を身につけて現れる。

先生は黒のひもみたいなビキニで、副隊長は腰に布を巻き付けていた（パレオというらし

い）。

「ふぉおおおおおおおおおおおおおおおおおお！」

オスカーたちが大声を上げて興奮をあらわにする。

いや、確かにきれいだけど、そこまで興奮することだろうか……？

「いやぁあ！　お美しい！　まぶしすぎて目が潰れそうだね！　隊長！」

「ああ！　だからサングラスをかけてるんだ！　決して、おっぱいをじろじろ見ていることを、悟られないようにサングラスかけてるわけじゃないぞ！」

さ、最低な理由だ……。

リフィル先生はあらあらと微笑んでいる。

シャーロット副隊長は、マリク隊長をふぎゅっと握りしめると。

そのままプールにぶん投げた。

どぼんっ！　と大きな音を立ててプールに沈む。

「隊長ぉおおおおおお！」

オスカーもまた飛び込んで隊長を助けに向かう。

残った女子たちが俺を見て、にこっと笑う。

「うふ♡　どう？　ガンマちゃん？　お姉さんの水着♡」

先生が少し前屈みになって尋ねてくる。

メイベルのビキニよりもさらに布面積が狭い水着なので……見えそうになる。

だがそれをあの馬鹿二名みたいにじろじろ見るのは、マナー違反だ。

それにメイベルに悪い……。……なぜ？　わ、わからん。

「きれいですけど、その、こぼれ落ちそうなんでやめたほうがいいですよ」

「あらぁ♡　いいのよ、ガンマちゃんにならら見られても～♡」

いやいやいや……。

何を言ってるんだこの人は……。

「…………」

シャーロット副隊長が俺をじっと見つめている。

リアクションが欲しいんだろうか。

「とても良くお似合いですよ」

「……ありがとうございます、ガンマさん」

淡く、副隊長が微笑む。この人もあまり普段肌を露出させないから、わからなかったけど、
結構スタイルいいな。

凹凸は少ないけど、手足がすらっとしてるし、とても長い。

軍人やってなかったら、きっと歌劇団に入ってスターにでもなってるだろう。

「むぅ～……。ガンマぁ～……」

じーっと非難するように、メイベルが俺を見つめてきた。

や、やべえ……見すぎた？

「今のガンマ、きらい」

「な、なんだよ今のって……？」

「うっさいばーか！」

メイベルはそう言って、プールに飛び込む。なんで怒ってたんだよ……。

☆

おのおの好きなように過ごす。

シャーロット隊長はすんごいきれいなフォームで泳ぎ、リフィル先生はプールサイドで寝そべっている。

オスカーとマリク隊長はなんとか女子の水着のポロリを見たいらしく、馬鹿な奮闘を繰り返していた。

……さて、一方で俺はというと……。

「…………」

「よ、ガンマ。何してるの？」

プールサイドに三角座りしていると、メイベルが飲み物を持って現れる。

一本を俺に差し出してくる。

「別に何も」

「ふーん。なんで泳がないの？」

「何でって言われても……俺、泳げないし」

「え⁉　マジ⁉」

俺は荒野出身なので、泳ぐ場所も機会もなかったのだ。

結果、泳げないのである。

「ふーん、そか。ガンマにも苦手なものとかあるんだ」

意外そうに目を丸くするメイベル。

そんな意外だろうか？　何だと思ってるんだ、俺のこと……？

「じゃ、あたしが泳ぎ教えてあげる！」

「いいのか？　せっかくの余暇なのに」

「いいのっ、ガンマのために何かしてあげたいんだ、あたしっ」

どうやら姉との関係修復の件の、借りを返したいらしい。

あんまり気にしなくて良いのだが……まあ別にいいか。それでメイベルの気が済むのなら。

「じゃ、よろしく」

「うん！　じゃあ、まずはお水のなかに入って！」

その後俺はメイベルに習って、軽く泳ぎのレクチャーを受けた。

その結果……。

ずばば！　と普通に泳げるようになった。

「が、ガンマ……ずるい。こんな短期間に泳げるようになるなんてー！」

ものすごい不服そうにメイベルが言う。

思ったより泳ぐのって楽しいし、それになにより……。

「メイベルの教え方が上手だったからな」

「う……ず、ずる！　そんなこと言われたら……許しちゃうじゃん……」

顔を赤らめてもじもじするメイベル。

水着姿でそんなことするもんだから、乳房がたぷたぷ揺れる。

だ、だから……いかんって。それは……。

「ん？　どうしたのガンマ？」

「いや……」

「あ～？　もしかして、見とれちゃった？　えへへ♡」

メイベルが嬉しそうに笑う。

いや別に見とれてたわけじゃないが……まあこいつが笑ってるのは、見ているとこっちも良い気分になるし、いいか。

「おおい！　青春二人組～。バーベキューやんぞー！」

マリク隊長がプールサイドで肉を焼いてる。そういうのもありなのか……？

いや、普通に考えて、室内で火とか駄目だろ……。

「おにくだー！　やったぁ！」

メイベル含めて、みんなあんまり火のことを気にしてない様子……いいのか……。

彼女は俺の手を引いてくる。

「ほらガンマ、いこー！」

……まあ、いっか。怒られるときは、みんなで怒られれば。

こうして俺は、チームメイトたちとともに、楽しい時間を過ごしたのだった。

……ちなみになんだが。

「どうして私も誘ってくれなかったんですかー！！！！」

……とアルテミスから烈火のごとく怒られたのは、言うまでもない。

いやだって、合宿だったし。しょうがないだろ。

あとがき～Preface～

初めまして、茨木野と申します。『狩人』をご購入いただき、誠に感謝申し上げます。

このお話は、すごすぎる射程と狙撃力を持ってるがゆえに、その功績を仲間達にいっさい認められていなかった主人公が、追放後に級友と再会し、帝国軍に所属して、その才能を見いだされ活躍していく……。といったお話になっております。お気に召していただけたら幸いです。

残りは、最近の出来事のお話をさせてもらおうかなと思います。新年明けまして、二〇二三年を迎えてると思います。去年はみなさま、どのような年だったでしょうか。僕は……大スランプ時代を迎えていました……。この年は、新しいことに挑戦しました。僕は主に『小説になろう（以下、なろう）』で小説を投稿しており、なろうでのトレンドが、ここ数年でがらりと変わってしまったのです。この環境の変化についていくために、新しい試みしました。具体的には、女主人公の恋愛劇ですね。ですがこれが全く通用しなかったのです。書いて投稿しても全く評価が付かず、この変化にはついていけない、もう廃業するしかないのかなぁ……と、本気で落ち込んでいました。そんな状態が七月くらいまで続いたのです。

そんなときでした。イラストレーターやってる友達から言われたんです。「お客さんの期待に沿った料理を提供してないからじゃないの？」と。曰く、作家を含むクリエイターは、料理店のようなもの。その作者の名前は店の看板でもある。店に来るお客さん（読者）は、看板を見て、「これを食べたい」と思って店に入ってきてる。なのに、店主である作者が、客の期待しない料理を出してる。だから……今の君は、見向きもされないんじゃないか……と。

そのアドバイスを聞いて、今一度、『茨木野』という店の看板から、お客さんがどのような料理を食べたがってるのか、考えました。その結果、全く新しいもの（※女性主人公恋愛劇）じゃなくて、今まで書いてきた、男主人公のファンタジーやラブコメが、お客さんの食べたい（読みたい）物語であるのだと、理解したのです。そこから、僕は『狩人』の執筆にあたりました。新しいものに目を取られず、今までのお客さんを、満足させる料理を作るのだ！と。その結果、なろうで高いポイントが取れて、こうして双葉社の編集様の目にとまり、書籍化という流れと相成りました。そんな思いとともに作り上げた作品、お気に召していただけたら幸いです。

最後に、謝辞を。イラストレーターのへいろーさま。かっこいいイラストをありがとうございます。実は以前にも別作品で絵を付けてもらったことがあるので、またこうしてお仕事できてとてもうれしかったです。ありがとうございます！　編集のH様。書籍化のお声がけいただき、ありがとうございました。実は上述した理由があったんです。本にしてもらえて、とてもうれしかったです。そのほか、この本作りに携わってくださった皆様、そしてなにより、読者の皆様に最大の感謝を。

二〇二三年十二月某日　茨木野

本書に対するご意見、ご感想をお寄せください。

あて先

〒162-8540 東京都新宿区東五軒町3-28
双葉社　モンスター文庫編集部
「茨木野先生」係／「へいろー先生」係
もしくは monster@futabasha.co.jp まで

モンスター文庫

農民関連のスキルばっか上げてたら何故か強くなった。
1
しょぼんぬ
姐川
超一流の農民として生きるため、農民関連のスキルに磨きをかけてきた青年アル・ウェインは、ついに最後の農民スキルレベルをもMAXにする。そして農民スキルを極めたその時から、なぜか彼の生活は農民とは別の方向に激変していくことに……。最強農民がひょんなことから農民以外の方向へと人生を歩み出す冒険ファンタジー第一弾。
モンスター文庫

発行・株式会社　双葉社

モンスター文庫

1
Author ぺもぺもさん
Illust マシマサキ
初級魔術
マジックアローを
極限まで鍛えたら
初級魔術マジックアロー。多くの魔術師が最初に覚える魔術。貴族の長男として生まれたアルベルト・リュミナスは優秀な弟と比較される苦しい日々を送っていたが、幼いながらもマジックアローを使うことができた。自身の才能を信じて魔術学院に進むも、それ以外の魔術を何も習得できなかった。失望した両親に見捨てられたアルベルトだが、諦めずにマジックアローを磨き続ける。それから十年。学院の入試を受けようとする白髪の少女ローラと出会い、止まっていたアルベルトの運命が動き始める——！使える魔術の数こそが実力とみなされる世界で常識はずれのマジックアローだけで成り上がっていく英雄の物語。ここに開幕！
モンスター文庫

発行・株式会社　双葉社

モンスター文庫
1
まるせい
画 チワワ丸
生《いけ》贄《にえ》になった俺が、なぜか邪神を滅ぼしてしまった件
自ら幼馴染の身代わりに邪神への生贄となったエルト。邪神の攻撃を前に死を覚悟し、最期を迎える……はずだった。が、ユニークスキル『ストック』が発動し、気が付くと邪神を返り討ちにしていた。生還したエルトは幼馴染に無事を伝えるため、故郷の村へと旅立つことに。道中、森を歩いていると強力なモンスターに遭遇。戦闘を回避しようと考えたその時、モンスターの傍で気を失っている少女を発見し――生贄系主人公による王道成り上がりファンタジー開幕！
モンスター文庫
発行・株式会社　双葉社

MONSTER
bunko

S級《えすきゅう》パーティーから追放《ついほう》された狩人《かりうど》、実《じつ》は世界最強《せかいさいきょう》
～射程《しゃてい》999の男《おとこ》、帝国《ていこく》の狙撃手《そげきしゅ》として無双《むそう》する～ ①

Mい03-01

2023年1月31日　第1刷発行

著者　茨木野《いばらきの》

発行者　島野浩二

発行所　株式会社双葉社
〒162-8540 東京都新宿区東五軒町3-28
電話 03-5261-4818（営業）
03-5261-4851（編集）
http://www.futabasha.co.jp
（双葉社の書籍・コミック・ムックが買えます）

印刷・製本所　三晃印刷株式会社

フォーマットデザイン　ムシカゴグラフィクス

落丁・乱丁の場合は送料双葉社負担でお取り替えいたします。［製作部］あてにお送りください。ただし、古書店で購入したものについてはお取り替えできません。
［電話］03-5261-4822（製作部）

定価はカバーに表示してあります。

ISBN978-4-575-75321-9　C0193
Printed in Japan